阅读世界文学巨匠系列
04

西方现代小说之父：塞万提斯

陈凯先 著

华中科技大学出版社
http://www.hustp.com
中国·武汉

图书在版编目（CIP）数据

西方现代小说之父：塞万提斯 / 陈凯先著 . —— 武汉：华中科技大学出版社，2021.5
（阅读世界文学巨匠系列）
ISBN 978-7-5680-6983-0

Ⅰ. ①西… Ⅱ. ①陈… Ⅲ. ①塞万提斯，M.D.（1547~1616）-文学研究②塞万提斯，M.D.（1547~1616）-生平事迹 Ⅳ. ① I551.063 ② K835.515.6

中国版本图书馆 CIP 数据核字 (2021) 第 070264 号

西方现代小说之父：塞万提斯　　　　　　　　　　　　　陈凯先　著
Xifang Xiandaixiaoshuo zhi Fu：Cervantes

策划编辑：	亢博剑　伊静波　孙念
责任编辑：	孙　念
责任校对：	曾　婷
责任监印：	朱　玢
封面设计：	璞茜设计

出版发行：华中科技大学出版社（中国·武汉）　　　电话：（027）81321913
　　　　　武汉市东湖新技术开发区华工科技园　　　邮编：430223

印　　刷：湖北新华印务有限公司
开　　本：880mm × 1230mm　1/32
印　　张：5.75
字　　数：123 千字
版　　次：2021 年 5 月第 1 版第 1 次印刷
定　　价：32.00 元

本书若有印装质量问题，请向出版社营销中心调换
全国免费服务热线：400-6679-118　竭诚为您服务
版权所有　侵权必究

序

文明互鉴 求同存异

曾几何时,迫于泰西的坚船利炮和千年未有之大变局,洋务运动开启了改良的滥觞。但囿于技不如人,且非一朝一夕可以赶超,一些仁人志士又被迫转向上层建筑和世道人心。及至"百日维新",新国家必先新风气、新风气必先新文学被提上日程。这也是五四运动借文学发力,"别求新声于异邦"的主要由来。

是以,从古来无史、不登大雅的文学着手,着眼点却在改天换地:梁启超发表《论小说与群治之关系》等檄文,陈独秀、瞿秋白、鲁迅、胡适等前赴后继,文学革命蔚然成风,并逐渐将涓涓细流汇聚成文化变革的浩荡大河。

用习近平总书记的话说,"文化是一个国家、一个民族的灵魂,文化兴国运兴,文化强民族强。没有高度的文化自信,没有文化的繁荣兴盛,就没有中华民族伟大复兴。"而文学始终是狭义文化的中坚。因此,习近平总书记历来高度重视文学发展和文明互鉴,《在文艺工作座谈会上的讲话》发表后不久,又提出了"不忘本来,吸收外来，面向未来"，此乃大同精神所自也、最大公约数所由也。如是，"建设文化强国"写进了我国的"十四五"规划，这不仅彰显了文化自信，而且擢升了文化强国的动能。

一

《周易》云："观乎天文，以察时变；观乎人文，以化成天下。"所谓人文化成，文化在中华传统思想中几乎是大道的同义词。且说中国特色社会主义文化源自中华民族五千年文明历史所孕育的优秀传统。创造性继承和创新性发展传统文化不仅是民族生生不息的精神命脉，而且也是涵养社会主义核心价值观的源头活水，更是我们在世界文化激荡变幻中站稳脚跟的坚实基础。同时，海纳百川地吸收世界优秀文化成果不仅是不同国家和人民之间交流的需要，也是提升个人修养的妙方。所谓"他山之石，可以攻玉"，早在汉唐时期，兼收并蓄、取长补短便是中华文化、中华民族繁荣昌盛的不二法门。

前不久，习近平总书记又在《治国理政》第三卷中明确提出，"我将无我，不负人民"。多么令人感奋的誓言！这是对"天下为公"和"为人民服务"思想的现实阐发，也让我想起了老庄思想中遵循"天时""人心"的原则。由是，人类命运共同体理念尊崇最大公约数：除基本的民族立场外，还包含了世界各民族自主选择的权利。这是两个层面的最大公约数，与之对立的恰恰是不得人心的单边主义和霸权主义。

作为人文学者，我更关注民族的文化精神生活。诚所谓"有比较才能有鉴别"，中华文化崇尚"穷则独善其身，达则兼济天下"，乐善好施、协和万邦；同时，中华文化又提倡天人合一、因地制宜。当然，中华文化并非一成不变，更非十全十美。因此，见贤思齐，有容乃大也是我们必须坚持的基本信条之一，反之便是闭关自守、夜郎自大所导致的悲剧和苦果。当前，我国文化与世界各国文化的交流方兴未艾，学术领域更是百花齐放，呈现出前所未有的多样性和丰富性。这充分显示了我国的开放包容和建构人类命运共同体的美好愿景。自"百日维新"和五四运动以降，我国摒弃了文化自足思想，从而使"西学东渐"达到了空前的高度。具体说来，二百年"西学东渐"不仅使我们获得了德先生和赛先生，而且大大刺激了我们麻木已久的神经。于是，马克思主义、人道主义、女权主义、生态思想等众多现代文明理念得以在中华大地发扬光大。

西方的崛起也曾得益于"东学西渐"。设若没有古代东方的贡献，古希腊罗马文化的发展向度将不可想象，"两希文明"也难以建立。同样，在中古时期和近代，如果没有阿拉伯人通过"百年翻译运动"给西方带去东方文明成果（其中包括我国的"四大发明"），就没有文艺复兴运动和航海大发现。

总之，丰富的文化根脉、无数的经验教训和开放包容的心态不仅使中华民族在逆境中自强不息，而且自新中国成立，尤其是改革开放和新时代以来，也益发奠定了国人求同存异的民族品格。

二

人说不同民族有不同的文化，后者就像身份证。而我更乐于用基因或染色体比喻文化。大到国家民族，小至个人家庭，文化是精神气质，是染色体，是基因。它决定了各民族在国际交往中既有发展变化，又不易被淹没的活的魂灵。

如今平心而论，我们依然是发展中国家。即或硬件上也尚有不少"卡脖子"的问题，软件和细节方面就更不必说。我们需要向西方学习和借鉴的地方还有很多。而文学艺术不仅是世道人心的载体，也是文明互鉴中不可或缺的航标。

前辈钱锺书先生一直相信"东海西海，心理攸同；南学北学，道术未裂"。古人则有"夫以铜为镜，可以正衣冠；以史为镜，可以知兴替；以人为镜，可以明得失"之谓。人需要借镜观形、换位思考、取长补短，民族、国家亦然。

有鉴于此，我真诚地祝愿阅读世界文学巨匠系列丛书顺利出版，祈中华文化在吐故纳新、温故知新、不断鼎新中"苟日新，日日新，又日新"。

中国社会科学院学部委员，外国文学研究所原所长，
中国外国文学学会会长，第十二、十三届全国政协委员
陈众议

匿名的共同体与"回家的召唤"

24年前,费孝通先生首次提出文化自觉的概念,包含着两层意思:首先,要对自己的文化追根溯源、把握规律、预示未来;其次,不断与异文化交流并尊重差异,携手共同发展。这一概念的提出时值全球一体化之初,借由他者体认自我的意识不可谓不高瞻远瞩。

今时今日,我们说不同文明之间要平等对话、交流互鉴、相互启迪,前提便是高度的文化自觉:知自我从何而来、到何处去,知不同于我者为差异及补充。

但具体而言,自我体认如何与他者相关?可试从我熟悉的翻译说起。

几近一百年前,1923年,自称"在土星的标志下来到这个世界"的本雅明将法国诗人波德莱尔的《巴黎风貌》译为德文,并撰写了译序,题为《译者的任务》。在这篇译序中,本雅明谈翻译,实际上也在谈认知及语言。明面上,本雅明主要阐述了三个问题:

其一，文学作品是否可译；其二，如果原作者不为读者而存在，我们又如何理解不为读者而存在的译作；其三，翻译的本质为何。

为此，本雅明打了一个比方。他将文字比作树林，将作者看作入林的行路者，而译者则是林外纵观全局、闻语言回声之人。文学作品如若绕圈打转，所及无非枯木，向上无以萌芽刺破天空，向下无根系网织土壤、吸收营养、含蓄水分，又何来可译的空间？可译不可译的问题便化为有无翻译的空间及价值的判断。文林呼唤作者入内，作者受了文林的吸引而非读者的呼唤，而文林又非无动于衷的死物，始终在生长、变化，身于林外的译者眼见这一错综复杂的变迁，所领略的只能是变化的共同体——原作"生命的延续"，也非读者的期待。翻译，便是无可奈何地眼见原作的变化、语言间的差异，"在自身诞生的阵痛中照看原作语言的成熟过程"，真正的翻译，因为表现出语言的变化以及不同语言之间的互补关系，自然流露出交流的渴望。

若非差异，若非差异构建的空间广阔，若非差异空间的变化与生长之永恒，何来交流之必要，又何谈翻译？

四十多年后，法国作家布朗肖批判性地阅读了本雅明的《译者的任务》，写下了《翻译》一文。布朗肖说，翻译确实可贵，文学作品之所以可译，也的确因为语言本身的不稳定性与差异，"所有的翻译栖息于语言的差异，翻译基于这一差异性，虽然从表面看似乎消除了差异"。但是，作为母语的他者，外语唤醒的不仅仅是我们对差异的感知，更重要的，还有陌生感。对于我们早已习以为常的母语，因为外语的比对，我们竟有如身临境外偶然听到母语一般，忽然之间竟有一种陌生的感觉，仿佛回到了语言创造之初，触及创造的土壤。

20世纪20年代，德国作家本雅明阅读、译介法国作家波德莱尔，写下了世界范围内影响至深的《译者的任务》。20世纪70年代，法国作家布朗肖批判性阅读德国作家兼翻译家本雅明的《译者的任务》，写下《翻译》，影响了一代又一代后现代主义的代表人物。可见，翻译不仅从理论上，更是在有血有肉的实践中解释并促进着跨文化的交流与不同文明的互鉴。

文之根本，在于"物交杂"而变化、生长，文化之根本在于合乎人类所需又能形成精神符号，既可供族群身份认同，又可以遗产的方式薪火相传。简单说，文化更似一国之风格。"阅读世界文学巨匠"系列丛书，具有启迪性的力量，首辑选取了10国10位作家，有荷马（希腊语）、塞万提斯（西班牙语）、但丁（意大利语）、卡蒙斯（葡萄牙语）、歌德（德语）、雨果（法语）、普希金（俄语）、泰戈尔（孟加拉语）、马哈福兹（阿拉伯语）、夏目漱石（日语）——一个个具有精神坐标价值的名字，撑得起"文学巨匠"的名头，不仅仅因为国民度，更因为跨时空的国际影响。我们的孩子从小便从人手一本的教科书或课外读物中熟悉他们的名字与代表性作品，从某种程度上来说，他们的风格似乎代表了各国的风格。当哈罗德·布鲁姆谈文学经典所带来的焦虑时，同时表达着文化基因的不可抗拒性。进入经典殿堂的作品及作家，表现、唤醒并呼唤的正是典型的文化基因。当我们比对普希金、歌德、夏目漱石、泰戈尔及其作品时，比对的更像是俄罗斯、德国、日本、印度及其精神、文化与风骨。伟大的作品往往没有自己的姓名，匿名于一国的文化基因，似乎将我们推向文化诞生之初，让我们更接近孕育的丰富与创造的可能。在这一基础上，如上文所说，作为文化的他者，他国的文学巨匠将唤醒我们对于自身文化的陌生感，让我们离文化的诞生之地又进了一步。

至于文明，则是社会实践对文化作用的结果，作为一国制度及社会生活成熟与否的尺度及标准，不同文明有着各自更为具体的历史、人文因素与前行的目标。尊重文化间的差异，鼓励不同文化的平等对话与交流互鉴，既是文明的表现，更是文明进一步繁荣的条件。差异构建的多元文明相互间没有冲突，引发冲突的是向外扩张的殖民制度与阶级利益，极力宣扬自我姓名甚至让其成为法令的也是殖民制度与阶级利益，而非文明。24年前，费孝通先生所畅想的美美与共的人类共同体，便是基于文明互鉴的匿名的共同体。

差异与陌生引领我们步入的并非妥协与殖民扩张之地，而是匿名于"世界"与"国际"的共同体。

我们试图从翻译说起，谈他者之于文化自觉与文明互鉴的重要性，也谈经典之必要，翻译之必要，因为正如本雅明所说，"一切伟大的文本都在字里行间包含着它的潜在的译文；这在神圣的作品中具有最高的真实性。《圣经》不同文字的逐行对照本是所有译作的原型和理想。"而今，摆在我们面前的这套丛书，集翻译、阐释、文化交流与文明互鉴为一体，因为更立体的差异与更强烈的陌生感，或许可以成为作品、文化与文明创造性的强大"生命的延续"。

最后,仍然以本雅明这一句致敬翻译、文化交流与文明互鉴的努力:有时候远方唤起的渴望并非是引向陌生之地,而是一种回家的召唤。

浙江大学文科资深教授、中国翻译协会常务副会长

许钧

2021 年 4 月 7 日于南京黄埔花园

CONTENTS

目 录

导言　　为什么我们今天还要读塞万提斯？⋯ 001

PART 1　西班牙、西班牙文学及其对世界文学的影响⋯ 007
　　　　　西班牙概况⋯ 009
　　　　　西班牙语的形成和中世纪的文学⋯ 012

PART 2　塞万提斯的一生及其生活的时代⋯ 017
　　　　　塞万提斯的一生⋯ 019
　　　　　塞万提斯生活的时代⋯ 029

PART 3　塞万提斯代表作赏析⋯ 037
　　　　　《堂吉诃德》：
　　　　　从"逗乐"作家到现代小说创建者的飞跃⋯ 040
　　　　　《训诫小说集》：
　　　　　浪漫主义与现实主义的有机结合⋯ 082
　　　　　塞万提斯的戏剧⋯ 105

PART 4　塞万提斯在中国⋯ 129

PART 5　塞万提斯经典名言选摘⋯ 141

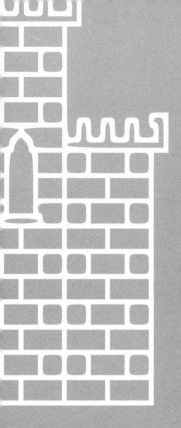

导言

为什么我们今天还要读塞万提斯?

阅读经典作家,解析他们的作品,这是一件非常有意义的事情。那么,什么才是文学经典呢?

按照字典上的解释,"经典"作品是指传统上的具有权威性的著作。依笔者之见,文学经典意味着作者对人类共同的社会或人的特性进行的思考,而这种思考往往会跨越时空,会被后来者更加深刻地揭示出来。比如欧洲文学中的四大名著,即莎士比亚的《哈姆雷特》、歌德的《浮士德》、拜伦的《唐璜》和塞万提斯的《堂吉诃德》,这些作品中无一不蕴含着可以不断解读、剖析的深刻的内涵。而笔者写作《西方现代小说之父:塞万提斯》这本书的目的就是要展示截至目前,人们能够认识到的塞万提斯作品的内涵与魅力。

1995 年,联合国教科文组织宣布每年 4 月 23 日为"世界读书日"。这是当年国际出版商协会在第二十五届全球大会上提出来的设想，并由西班牙政府将方案提交联合国教科文组织。因为1616年4月23日是西班牙著名作家塞万提斯辞世的日子，把这一天定为世界读书日也是为了纪念这位伟大的作家。

塞万提斯的作品不仅有长篇小说《堂吉诃德》（1605年上卷，1615年下卷），《伽拉苔亚》，《贝雪莱斯和西吉斯蒙达历险记》（1616年），还有短篇小说《训诫小说集》（1613年），长诗《帕尔纳索斯山之旅》（1614年），悲剧《被围困的努曼西亚》和《八出喜剧和八出幕间短剧》（1615年）。

塞万提斯的大多数作品发表后在欧洲都引起了比较大的反响。1611年10月，一个法国出版商将塞万提斯的《伽拉苔亚》在巴黎出了第三版；同年，英国的弗朗西斯·鲍蒙特[1]将《堂吉诃德》搬上了舞台。1612年英国出版了由托马斯·舍尔顿[2]翻译的完整的《堂吉诃德》上卷。1613年2月，莎士比亚就是在这个版本的启发下，与约翰·弗莱彻[3]合作，上演了一出以《堂吉诃德》上卷的第二十三

---

[1] 弗朗西斯·鲍蒙特（Francis Beaumont，1584—1616）：英国戏剧家，受塞万提斯的《科内利娅太太》和《两个少女》的启发，和另一位英国戏剧家约翰·弗莱彻合作，创作有《燃杵骑士》和《机会和爱的》。

[2] 托马斯·舍尔顿（Thomas Shelton，1598—1629）：英国翻译家，第一个把《堂吉诃德》上卷译成了英文（1612）。

[3] 约翰·弗莱彻（John Fletcher，1579—1625）：英国剧作家。与莎士比亚合写了《维洛那二绅士》和《亨利八世》两部剧作。还与鲍蒙特合作写戏，成为英国文学史上一对著名的文艺创作合作者。

到第二十七章的内容改编的名叫《卡尔德尼奥》的戏。这出戏是在祝贺詹姆斯一世的女儿伊萨贝尔的结婚纪念日的庆祝活动中演出的。1614年法国人塞萨尔·奥丁①完整地翻译了《堂吉诃德》上卷。这两个杰出的译本在这两个国家都取得了巨大的成功，在文学界的影响颇大。

《训诫小说集》出版后也受到了欢迎，书中的情节和人物像《堂吉诃德》的情节和人物一样，很快出现在其他作家的作品中。在英国，塞万提斯去世后的十五年时间里，他的许多作品，包括喜剧剧作，都成了许多英国作家的创作源泉，如托马斯·米德尔顿②和威廉·罗利③的《西班牙的吉卜赛人》源于《训诫小说集》中的《血统的力量》和《吉卜赛女郎》，约翰·弗莱彻采用了塞万提斯的至少七篇小说，把它们改编成了喜剧。

读塞万提斯不能不读他的代表作《堂吉诃德》。塞万提斯在这部作品中，以他独特的视角和令人耳目一新的文学理论和创作实践，给小说的发展注入了新的活力。塞万提斯被狄更斯、福楼拜、陀思妥耶夫斯基等著名文学家誉为现代小说之父。他提出的小说理论以不同的方式出现在他的作品中，或在前言中、献词中，或在小说的

---

① 塞萨尔·奥丁（Cesar Oudin，?—1625）：法国戏剧家、翻译家。塞万提斯的《伽拉苔亚》和《堂吉诃德》上卷的译者。
② 托马斯·米德尔顿（Thomas Middleton，1580—1627）：英国剧作家。
③ 威廉·罗利（William Rowley，1585—1626）：英国剧作家。

故事中；有时直截了当，有时暗喻；有时又借书中人物之口侃侃谈出。然而，更为可贵、更为重要的是，他以他的创作实践，在小说的结构、作者与读者的关系、创作与阅读的关系、创作与文学批评的关系、语言的运用等诸多方面进行了创新，为后人展现了有无限前景的小说，为现代小说的发展开拓出更为广阔的天地。不仅如此，我们还可以从小说的字里行间体味这位文学巨匠对人生、对事物的独特的看法，扩展和丰富我们解读现代社会的视野。

所以，我们今天阅读塞万提斯就有了深远的意义。

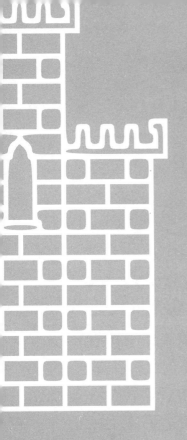

PART 1

西班牙、西班牙文学及其对世界文学的影响

阅读塞万提斯，人们需要了解西班牙，因为这块文学沃土孕育出了像塞万提斯这么优秀的作家。人们也需要了解西班牙语，因为塞万提斯正是用这"可以和上帝交流的"语言进行文学创作。

西班牙概况

西班牙位于欧洲南部的伊比利亚半岛。自古以来，这里就是连接欧非两大陆的战略要地，是地中海通向大西洋的咽喉要道。在这个半岛的南部居住着伊贝罗人。古代腓尼基人穿过地中海到达大西洋就必须途经直布罗陀海峡。早在公元前1100年，腓尼基人就在濒临大西洋的伊比利亚半岛南端建立了加迪斯城。公元前8世纪，古希腊人又在半岛的南海岸建立了几座重要的城市。在北方，从公元前9世纪，凯尔特人开始向半岛移民，他们主要居住在大西洋沿岸，而在地中海沿岸则主要居住着伊贝罗人。居住在半岛中部的则是两个民族的混血种族：凯尔特伊贝罗人。西班牙文化有别于欧洲其他国家文化的一个重要特征就是它的文化的兼容性。这种不同民族的交会、不同文化的融合，在以后几个世纪的历史演变过程中显得更加突出。

公元前3世纪末，迦太基人进入西班牙。这里成了罗马帝国和迦太基帝国争夺地中海霸权的主要战场。公元前210年，大西庇阿率领的罗马大军打败了迦太基人，并开始实施征服伊比利亚半岛的军事行动。然而，罗马军队占领伊比利亚半岛的军事行动持续了很长时间，他们遭到了当地居民的顽强抵抗①。但是，罗马人最终还是取得了胜利，他们不仅把自己的军事政治制度强加在这块土地上，而且也把他们的文化，包括语言、宗教、法律等都移植到这个半岛上。

自此，西班牙成了罗马帝国的一部分，它为罗马输送了许多杰出人才，如罗马皇帝马库斯·乌尔皮乌斯·图拉真②、哈德良③和狄奥多西乌斯大帝④都出生在西班牙，著名哲学家、戏剧家、政治家塞

---

① 塞万提斯的剧作《努曼西亚》就是表现西班牙人反对这次外来入侵的英雄篇章。
② 马库斯·乌尔皮乌斯·图拉真（Trajan, Marcus Ulpius, 53—117），古罗马皇帝，生于西班牙。即位后在国内实行仁政。
③ 哈德良（Hadrian, 76—138）：古罗马皇帝，生于西班牙。132—135年间残酷镇压犹太人，对内加强集权统治，提倡法学。继续兴修、装点罗马和其他城市，奖励文学艺术。
④ 狄奥多西乌斯大帝（Theodosius I, 347—395）：东罗马帝国皇帝、罗马皇帝。

内加①、诗人卢卡努斯②和马提雅尔③都是在西班牙出生的。罗马人在西班牙的统治持续了8个世纪，罗马文化在西班牙发展史中占了主导地位。

由于罗马帝国的衰亡，属于日耳曼民族的西哥特人在414年占领了西班牙。北方蛮人的入侵，带来了社会的变化，武士阶层的重要性日益显现，贵族同时也应是武士。然而，这一切并未能改变已经深深地扎根在这块土地上的罗马文化，统治者接受了被统治者的文化，甚至在公元589年，他们正式皈依了天主教。

西哥特王朝从它建立之日起就显得十分脆弱，宫廷内权力斗争不断，朝代更迭频繁。公元8世纪，当北非的阿拉伯人，俗称摩尔人，从南方攻入伊比利亚半岛时，西哥特王朝瞬即土崩瓦解。阿拉伯人确立了他们的统治后，将来自北非、小亚细亚和阿拉伯地区的伊斯兰文化带到了伊比利亚半岛，并给予西班牙巨大的影响。公元10世纪，随着独立于巴格达帝国的哈里法清真寺在科尔多巴城的建立，

---

① 塞内加（Séneca，约前4—65）：古罗马哲学家、剧作家，晚期斯多葛派的主要代表。曾任尼禄帝执政官，后因涉嫌阴谋案被勒令自尽。
② 卢卡努斯（Lucanus，39—65）：西班牙诗人。所著10卷《内战纪》为其唯一尚存的诗篇，从恺撒和庞培的战争一直写到庞培被杀，恺撒抵达埃及。文笔生动，激情横溢，崇高的谈吐和有力的评语散见全诗各处，是中世纪最受欢迎的诗人。后因刺杀暴君尼禄未遂而自杀。
③ 马提雅尔（Marcial，约40—约104）：又译作马萧，古罗马诗人。生于西班牙，64年迁至罗马，得到皇帝恩赐的官职和朋友馈赠的财产。著有12卷《铭辞集》。其作品主要描述罗马各种社会现象，结构严谨，语言生动，带有一定的讽刺色彩，被认为是警句诗的典范。

科尔多巴成了欧洲最有文化和最重要的城市之一。公元11世纪，由于摩尔人相互间的争斗，伊比利亚半岛被分裂成七个小的王国，原本并没有非常明显的宗教政治之争的摩尔人和西班牙人的矛盾日趋尖锐，摩尔人为了维持他们的统治，不得不叫来北非的阿里莫拉维德王朝的摩尔人来帮助他们，这些野蛮部落的统治结束了基督教和伊斯兰教之间的相互包容，信仰基督教的西班牙人开始了一场界限并不十分明确的"圣战"。

15世纪末，即1492年，由于卡斯蒂亚王国的伊萨贝尔公主和阿拉贡王国的王子费尔南多的联姻，本来就比较强大的卡斯蒂亚王国变得更加强大，在历史上被称为卡斯蒂亚天主教国王和王后的王朝。卡斯蒂亚终于统一了分裂的几个王国，继而夺回了摩尔人在南方格拉纳达的最后一个堡垒。而且就在1492年，天主教国王夫妇支持哥伦布的远航，在他"发现"了美洲新大陆后，西班牙对美洲进行了一系列的征服行动，从美洲大陆攫取了大量的金银，成了欧洲最强大的国家。

西班牙语的形成和中世纪的文学

在罗马人征服伊比利亚半岛之前，那里居住着伊比利亚人、凯尔特人、利古利亚人和塔尔特苏斯人。公元前3世纪，罗马人的入侵开始了半岛漫长的罗马化过程。罗马士兵使用的通俗拉丁语逐渐取代了伊比利亚半岛的土著居民的语言，成了西班牙全境的统一的语言。公元5世纪，北方蛮族西哥特人入侵后也未能破坏这语言的统一性，只是在通俗拉丁语中增添了许多日耳曼语语汇。公元 7 世纪，通俗拉丁语经过演变，逐渐形成了一种粗糙的西班牙语。公元 8 世纪，摩尔人的入侵、西哥特王国的迅速瓦解，以及几个分裂的王国的建立，逐渐使已经成了半岛统一的语言的罗曼司语变成了多种地方语言。随着时间的推移，在伊比利亚半岛上逐渐形成了包括葡萄牙语在内的七种地方语言。在卡斯蒂亚王国统一西班牙后，卡斯蒂亚语也逐渐成了西班牙的正式的官方语言，所以，现在的西班牙语也称作卡斯蒂亚语。

可以说，西班牙语是以通俗的拉丁语为基础，吸收了被罗马征服前的土著语言，以及西哥特人的日耳曼语语汇和摩尔人的阿拉伯语语汇，属于拉丁语系。11 世纪，随着与欧洲国家，特别是与法国的交往，西班牙语里又引进了一些法语语汇。到了 20 世纪，西班牙语里又增添了不少英语语汇。

西班牙语文学从一开始就显示出勃勃生机。西班牙中世纪的谣曲、民歌、游吟诗、学士诗都留下了优美的篇章。写于 1140 年的英雄史诗《熙德之歌》是西班牙第一部史诗，讲述了英雄熙德的丰功伟绩。由于这部作品是在西班牙传奇式的英雄熙德去世后仅四十年形成的，它的现实主义的创作倾向十分明显。史诗中叙述的史实，甚至地理位置、人物衣着都与那个时代的实际情况相符。这是欧洲英雄史诗中唯一一部与现实最贴近的作品，在欧洲文学史上占有重要的地位，对以后的欧洲文学产生了巨大的影响。例如，后来的法国古典主义作家高乃依就曾根据《熙德之歌》的题材创作了自己的不朽剧作《熙德》。

13世纪，西班牙产生了一种与游吟诗风格完全不同的、更加注重语言和韵律的诗歌，这就是肩负传播文化使命的教士将普通人不懂的拉丁语的教义用较通俗的语言表达出来、具有说教目的的学士诗。学士诗的代表诗人是一位名叫贡萨洛·德·贝尔塞奥①的俗家教士，他的代表作是《圣母玛利亚的奇迹》。他在这本书中讲述了二十五个圣母玛利亚如何拯救信徒的故事。贝尔塞奥的诗歌大都取材于拉丁语诗歌，由于他的目的是将宗教传说用诗歌告诉普通百姓，他的诗歌的风格与民间艺术十分接近，语言的运用也十分灵活。

　　在这一时期，文艺复兴运动已在意大利方兴未艾，文艺复兴的思想也通过不同途径进入西班牙，在文学创作中也有所反映。胡安·鲁易斯②的《真爱之书》融游吟诗和学士诗为一体，既赞颂基督精神，又描写俗人之情、肉欲之爱，还将嘲讽与幽默、抒情与现实结合在一起，具有很强的时代特点，具有文艺复兴思想萌芽与中世纪思想相碰撞所产生的印记。

　　13世纪末和14世纪初，西班牙的散文和小说得到了很大的发展。除了由国王智者阿方索十世③主编的包罗万象的酷似中国的《史记》

---

① 贡萨洛·德·贝尔塞奥（Gonzalo de Berceo，1190—1264）：西班牙有文字记载的第一位诗人。
② 胡安·鲁易斯（Juan Ruiz，约1283—约1353）：别名为阿尔西布雷斯特·德·伊塔（Alcipreste de Hita），西班牙诗人。
③ 智者阿方索十世（Alfonso X，el Sabio，1221—1284）：西班牙国王，作家、出版家。为西班牙文化的发展做出了杰出的贡献。他不分作家的信仰，召集他们从事有关历史、法律、科学和诗歌方面的创作和收集工作。

的《总编年史》外，堂胡安·马努埃尔①的短篇小说集《鲁卡诺尔伯爵》在西班牙文学史中占有十分重要的位置。它是西班牙的第一部小说集，比薄伽丘的《十日谈》要早十年。这部小说集由五十一个故事组成，每个故事前由年轻的鲁卡诺尔伯爵向年老的顾问巴特洛尼奥询问有关处世方式、社会道德、治国之道等方面的问题。这位饱学之士一开始不正面回答，他总是先给伯爵讲一个饶有趣味的故事或寓言，然后作出振聋发聩的总结。《鲁卡诺尔伯爵》里的许多故事对以后的西班牙作家和欧洲作家影响颇大，如塞万提斯的幕间短剧《奇迹剧》就是取材于"国王和三个自称织了一块奇异呢绒的骗子的故事"，著名丹麦作家安徒生的《皇帝的新装》更是根据这个故事改编的。而莎士比亚的《驯悍记》则是从《一个男人和凶女人结婚的故事》中获得灵感的。

随着1492年西班牙的人文主义学者安东尼奥·德·内布里哈②的第一部西班牙语语法书的出版，西班牙语日臻完善，西班牙文学被激发出更大的活力。1499年费尔南多·德·罗哈斯发表了《塞莱斯蒂娜》，这是西班牙从中世纪走向文艺复兴时期的一部具有重要意义的作品。这部作品一方面反映出男女主人公受文艺复兴思想的影响，崇尚爱情，宣扬反叛天主教教义的理想主义（或曰浪漫主义），

---

① 堂胡安·马努埃尔（Juan Manuel，1284—1348）：西班牙第一位小说家。
② 安东尼奥·德·内布里哈（Antonio de Nebrija，1441—1522）：西班牙人文主义学者、语言学家。

另一方面也将社会下层的人注重实利、追求金钱以及肉体的欢愉的实利主义展现出来。新兴的资产阶级的以人为本的思想已显现出来，但由于西班牙封建宗教势力的根深蒂固，中世纪的思想仍存在于作品中，西班牙文学中常见的两重性：高雅与粗俗、美好与丑陋、善良与邪恶、勇敢与胆怯等，在《塞莱斯蒂娜》中表现得十分充分。以上这些作品对塞万提斯的创作都产生了很大的影响。

给予世界文学以巨大影响力的西班牙作品还必须提到产生于16世纪的流浪汉小说。这是一种自传体小说，其代表作是《小癞子》。在世界文学的创作中，小说的主人公第一次以"反英雄"的形象出现，小说中的人物已不是以前文学作品中的贵族骑士、英雄美女。作者以写实的手法，将从来不被人们关注的在饥饿线上挣扎的流浪汉作为主要人物来描写，描写他们寡廉鲜耻地采用各种欺诈手段与饥饿和死亡进行斗争。这种对普通人、卑微的人的描写对小说的发展产生了很大的影响，我们从20世纪爱尔兰作家詹姆斯·乔伊斯的《尤利西斯》中还可以看到这种小说的影响力。

西班牙文学的另一闪光点是16世纪的戏剧家蒂尔索·德·莫里纳创作的《塞维利亚的嘲弄者》。这个剧本第一次把浪荡公子唐璜的民间传说写进了文学作品。这极大地影响了以后的欧洲作家对这个经典题材的创作。

总之，正是有了这么丰腴的文学沃土，16世纪和17世纪才涌现出像塞万提斯、洛佩·德·维加、卡尔德隆·德·拉·巴尔加这些杰出的文学大师。他们的文学作品给予后世以巨大的影响。

PART 2

塞万提斯的一生及其生活的时代

塞万提斯的一生

　　米盖尔·德·塞万提斯一生颠沛流离，历经各种磨难，到了晚年也只是一位小有名气的穷困潦倒的作家。

　　塞万提斯出生在西班牙马德里远郊的一个小城镇阿尔卡拉·德·埃纳雷斯。他的出生日月不详。他出生的日子可能是 1547 年 9 月 29 日，圣米盖尔日，也可能是该年的 10 月 9 日，因为这一天他在阿尔卡拉的圣塔·玛利亚拉·马约尔教堂接受了洗礼。

　　塞万提斯的祖父胡安·德·塞万提斯是科尔多巴南部一个卖布匹的商人的儿子，他在 1490 年至 1500 年就读于萨拉曼卡大学法律系，毕业后在一家被宗教裁判所没收的机构中任法官。1530 年，胡安一家在马德里定居，家庭生活富足舒适。胡安有三个儿子。塞万提斯

塞万提斯半身像

的父亲叫罗德里格，排行第二，是三个孩子中最没有作为的。他虽然没有大学毕业，但在大学学了点医学知识，便选择了外科医生兼理发师的职业。那个时代的外科医生没有今天的地位，仅相当于现在的江湖医生。塞万提斯的父亲只有为没有钱的人治病，聊以养家糊口。

1543年罗德里格与莱昂诺尔·德·科尔蒂纳斯在阿尔卡拉结婚。婚后生下七个孩子，排行第四的是塞万提斯。

塞万提斯童年时，家里的生活不稳定、没有保障，且欠债累累。在他的弟弟出生后，他父亲决定离开阿尔卡拉，到当时西班牙的首都瓦亚多利德去谋生。随行的还有他的祖母莱昂诺尔和他父亲的同父异母的妹妹玛利亚。然而，瓦亚多利德并不像罗德里格想象的那么好。第二年他就卖掉或典当掉他的所有家产，甚至连房租都付不出了。不善理财的罗德里格因为负债被控告。罗德里格出示自己出身高贵的证明，也无济于事，因为他的家人无法筹措足够的保金进行担保。于是，他被关进了监狱。虽然经过法院的审理，罗德里格最终获得了自由，然而，家庭的不幸却一直在继续。这给只有五六岁的塞万提斯留下了痛苦的回忆。

1553年秋，罗德里格携家迁到科尔多巴居住，以求得在那里定居的父亲胡安的帮助。但他们的生活仍然比较艰苦，罗德里格不得不用贷款买棉布，给全家做衬衫和内衣。即使生活困难，罗德里格还是尽量让孩子们上学。据史料记载，1555年，科尔多巴建立了安达鲁西亚地区的第一所耶稣会学校，塞万提斯是这所学校最早的学生之一。

1564年，罗德里格一家来到塞维利亚，这是当时西班牙最大的城市，也是在欧洲仅次于巴黎和那布勒斯的城市。次年，罗德里格又欠了债，家庭重新陷入了困难的境地。那一年，一个偶然的机会，塞万提斯观看了当时十分有名的剧作家兼导演洛贝·德·鲁埃达①的巡回剧团的演出。这件事虽小，却对年仅十七岁的塞万提斯产生了很大的影响，他幻想着有朝一日成为一个有成就的戏剧家。塞万提斯在1615年发表的《八出喜剧和八出幕间短剧》的前言中曾谈到年轻时观看鲁埃达戏剧的感受。

在塞维利亚住了一年以后，罗德里格离开塞维利亚去马德里（从1561年起，西班牙的首都从瓦亚多利德迁到马德里）谋生。

对这一段时间塞万提斯的生活，史料没有记载。塞万提斯成年后在他的书中曾说过，他很小的时候就很喜欢看书，一直想成为大诗人，后来又想成为有作为的戏剧家。由此可见他从小对文学的喜爱。

塞万提斯最早的诗作是献给国王菲利佩二世的第三位夫人伊萨贝尔·德·瓦洛依斯王后的一首十四行诗。这首诗大约写于16世纪60年代中期，是水平不高的一篇习作。

1568年对于西班牙菲利佩二世王朝是很不幸的一年。王子在出生时就夭折了，接着，年轻的伊萨贝尔王后又去世了。此外，菲利

---

① 洛贝·德·鲁埃达（Lope de Rueda，1500—1565）：西班牙戏剧家、导演、戏剧演员。

佩二世唯一的儿子也死了。这位放荡不羁的王位继承人是因策划反对父亲的阴谋被监禁后死在狱中的。在王室发生危机的时候,塞万提斯写下了怀念伊萨贝尔王后的诗歌。翌年秋,即1569年,他的四首诗(其中一首是致宗教法庭庭长、卡斯蒂亚会议主席埃斯皮诺萨枢机主教的)发表在西班牙著名的人文主义学者胡安·洛佩斯·德·奥约斯[①]所著的《对我们的陛下、尊敬的王后堂娜·伊萨贝尔·德·瓦洛依斯的疾病、精心的治疗和隆重的葬礼的记述与缅怀》一书中。在这部书中,奥约斯称塞万提斯为"我们尊贵的亲爱的学生"。可以看出,奥约斯对塞万提斯很熟悉,也很赏识。所以人们推测塞万提斯可能曾是奥约斯的门生,也可能曾在奥约斯的学校里学习与教书。在那里,他学习了古希腊罗马哲学家、诗人奥维德、贺拉斯、维吉尔、塞涅卡、西塞罗的作品。在奥约斯的帮助下,他接触并接受了伊拉斯谟的思想。可以肯定的是,塞万提斯的才能受到了著名人文主义学者的看重。在这四首诗作发表后的二十年间,塞万提斯都没有从事文学创作,而且大部分时间生活在贫困之中。但是,这些经历对他以后的创作并不是没有益处的。

1571年,塞万提斯去了意大利,先是在罗马给枢机主教当随从,后来又加入了迭戈·德·乌尔比纳指挥的西班牙军队,参加了1571年10月向土耳其舰队发起的进攻。塞万提斯在战斗中胸部受了两处

---

① 胡安·洛佩斯·德·奥约斯(Juan Lopez de Hoyos,?—1583):西班牙著名的人文主义学者、教育家。

伤，左手也受伤致残。由于作战英勇，他得到了可观的酬劳。以后他又重返部队。

1575年塞万提斯决定回国，他携带着堂胡安亲王和德·塞萨侯爵的亲笔推荐信，满怀着对未来成就的向往，在得到特别批准的弟弟的陪伴下，于9月20日乘上"太阳"号桅船从那不勒斯起航。航行的第六天，"太阳"号和另外两艘桅船因突发的风暴而脱离了船队。当他们驶过邻近的法国海岸时，遭到三艘柏柏尔族人的海盗船的攻击。在搏斗中，"太阳"号船长被杀。海盗将船上所有的人都掳运到了阿尔及尔。

塞万提斯在囚禁期间曾多次企图逃跑，但都以失败告终。然而，厄运总有到头的时候。1580年8月，在三位一体教派教士们的努力下，塞万提斯终于在被囚禁了几乎五年后获得了自由。然而，塞万提斯获得自由后的喜悦很快就被生活的艰辛所替代。他已三十三岁，五年前的光辉业绩早已被人遗忘，他身怀推荐信幻想升迁的愿望早已成了泡影。为了赎他，家里的生活比以前更加贫困，他也因为衣食无着落而欠下了累累债务。另外，与家人的关系也因十多年的分离而变得不十分协调。步履维艰，前途未卜，是他当时处境的写照。这一段时间他曾当过国王的信使，去过葡萄牙的里斯本和西班牙的一些城市。

1584年12月12日，塞万提斯在埃斯吉维亚斯与比他年幼十八岁的卡塔林娜·德·萨拉萨尔·依·帕拉西奥斯结婚。他们的婚姻并不美满，他们经常过着分居的生活。

塞万提斯回国后工作十分难找。在相当长的一段时间里，他都没有找到合适的工作。这期间他开始进行文学创作，与剧作家、演员有较多的来往。1587年春末，塞万提斯托人谋得了一个军需官的职位，在西班牙各地，特别是在东南部沿海地区开始征收粮饷。

这一时期塞万提斯的生活动荡，经济状况不好。1590年他曾经申请去新大陆美洲供职，但由于没有空缺的职位，他的申请没有被批准。

自1588年至1594年，塞万提斯当了七年的粮油军需官。在这七年时间里，他的经历十分坎坷：他曾在征集粮油的过程中与教会多次发生冲突，两次被逐出教会。

塞万提斯除了从事粮油军需官的工作外，他在塞维利亚还常与作家、艺术家聚会。

1594年，塞万提斯回到马德里。他在卡斯蒂亚地区税务法院谋取了一个税收员的职位。这一时期税收员的工作十分不易。塞万提斯因受骗，欠下巨款，1595年8月，在塞万提斯无法还债的情况下，塞维利亚法院将他关进了监狱。

1598年4月28日，由于政府的干预，塞万提斯才被释放。塞万提斯在监狱里度过了七个月的漫长时光。在那里，他广泛接触了小偷、骗子、妓女、杀人犯，进一步了解到社会的下层的人们的生活，对此他在《训诫小说集》中都有较详细的描述。也许正如塞万提斯在《堂吉诃德》的前言中所说，他在塞维利亚的监狱里开始了《堂吉诃德》的构思与创作。

在以后的那些年里，塞万提斯先后居住在塞维利亚、埃斯吉维亚、马德里和瓦亚多利德，他的大部分作品都是在这一时期创作的。1604年末，他把《堂吉诃德》第一部的手稿交给了书商。1605年1月，《堂吉诃德》发表后立即获得巨大的成功。短短的几周内，这部作品就流传到了美洲。几个月内，在葡萄牙和阿拉贡地区就出现了盗版的《堂吉诃德》。一年内这部小说再版了六次。这部小说的成功是塞万提斯一生中所能感到的最大的欣慰，同时也给他以后的创作增添了更大的信心与创作灵感。

在塞万提斯生命的最后几年里，他专心致志地从事文学创作。他的《堂吉诃德》上卷取得的成功，极大地激发了他的创作热情，著名戏剧家纪廉·德·卡斯特罗①很快就将上卷搬上了舞台。塞万提斯在抓紧创作《堂吉诃德》下卷的同时，还在写喜剧和幕间短剧。在这期间，塞万提斯还重新修改了他二十年前写的短篇小说，如后来收入《训诫小说集》中的《林科内达和科达迪略》和《嫉妒的厄斯特雷马杜拉人》等。

塞万提斯生命的最后几年是他的创作最繁忙的时期，也是他的作品发表最多的时期。1613年，《训诫小说集》出版。1614年，《帕尔纳索斯山之旅》发表。1615年，《堂吉诃德》下卷出版，《八出喜剧和八出幕间短剧》也付梓出版。1616年4月19日，他为已完成

---

① 纪廉·德·卡斯特罗（Guillén de Castro，1569—1631）：西班牙戏剧家。

的长篇小说《贝雪莱斯和西吉斯蒙达历险记》撰写好献词和前言。

塞万提斯坦然地面对即将到来的死亡,在最后这部小说的前言中,作者戏言道:"我的生命正走到尽头。照我的脉象来看,最晚这个星期天就要走完它的旅程,我的生命也就结束了。"[①] "永别了,谢谢各位;永别了,永别了,快乐的朋友们!我正在死去,希望在九泉之下看到你们活得快乐。"

正如这位文学巨匠预料的,三天后,即 1616 年 4 月 23 日,塞万提斯溘然长逝。

---

① 译自《贝雪莱斯和西吉斯蒙达历险记》的前言,《塞万提斯全集》。

注：这幅画作表现了西班牙著名作家米盖尔·德·塞万提斯生命的最后时刻，他是不朽著作《堂吉诃德》的作者，死于绝对的经济困难。

塞万提斯生活的时代

在塞万提斯生活的那个时代,即16世纪中叶,西班牙还是一个强盛的日不落帝国。意大利的大部分,包括那不勒斯王国、西西里、塞尔德尼亚和米兰地区都属于西班牙,属于菲利佩二世统率下的地中海军队。西班牙的势力已扩展到美洲和欧洲大陆的许多地区。

然而,1588年西班牙无敌舰队的溃败标志着西班牙帝国走向了彻底的衰落。英军于当年7月初入侵加的斯,摧毁了西班牙的65艘船舰,摧毁了西班牙的大部分海军力量。而西班牙内部的矛盾也在不断加深。西班牙国王为了避免居住在西班牙的阿拉伯人与地中海的伊斯兰兄弟联合起来,于1609年颁布了对异教徒的驱逐令。在以后的五年时间里,从西班牙共逐出了27.5万在西班牙被称为摩尔人的北非阿拉伯人。这就是残酷的宗教裁判所对异教徒采取的臭名昭著的迫害运动。

这一时期西班牙的天灾人祸接踵而至。1597年,自北方传入的瘟疫慢慢向南蔓延开来。1599年至1600年,瘟疫遍及整个西班牙,夺去了大约15%的居民的生命。与此同时,西班牙的经济情况也很糟糕,农业的收成很差。而且,西班牙的军队在国外也遭到巨大的失败,国家处于政治、经济、军事全面崩溃的边缘,新的国王菲利佩三世年仅二十岁,且软弱放荡。王室的权力落到王室的宠臣和贵族的手中。到了菲利佩四世当政时,西班牙社会的贫富差距日益扩大。

▨ 英军对西班牙无敌舰队开火

虚伪、失望、颓丧笼罩着整个社会。

与这个没落的社会形成鲜明对照的是，西班牙文坛出现了空前的繁荣，这一时期的文学被后人称为黄金世纪文学。一大批有才华的作家涌现出来，其中最杰出的有那个时代最为有名的戏剧家、诗人洛佩·德·维加，还有在宫廷戏剧中占有重要地位的以《人生如梦》闻名于世的戏剧家卡尔德隆·德拉·巴尔加，还有第一次将唐璜这一浪荡公子形象植入文学创作的蒂尔索·德·莫里纳，此外，还有给予欧洲诗歌以巨大影响的诗人克维多和贡戈拉。当然，还有我们这位西班牙文学的代表人物塞万提斯。

说到西班牙的黄金世纪文学，就必须要谈谈欧洲文艺复兴的兴起。

16世纪伊始，文艺复兴已在各个领域站稳了脚跟。在中世纪，人们接受既定的秩序，承认神的至高无上的主宰地位，认为一切都是神创造的。而在文艺复兴时期，人们则认为人才是宇宙的中心，是自己命运的主人。中世纪以神为中心的观点让位给以人为中心的人文意识，人的生存是最主要的。人为自己的力量而感到自豪。在文学艺术上，复兴和模仿古代艺术是文艺复兴时期志士仁人的职责。显而易见的平民意识表现在对生活的理解上，人们再也不像中世纪时那样把人生看作痛苦的深渊，而是把短暂的人生当作及时行乐的舞台。由于科学地理的大发现，人对探索自然的秘密的兴趣大大增加，把大自然看作人类活动的最完美的典范。艺术应避免任何矫揉造作，文艺复兴的文化要追求和谐完美，追求形体与精神的一致。在教育上，神学和人文学科（历史、哲学、古典文学）相结合。

在意大利和法国等地区，文艺复兴意味着与中世纪的彻底决裂。而西班牙与这些地区相比，由于天主教势力特别顽固，文艺复兴运动传到西班牙是比较晚的事情，而且保留了比较深的中世纪的印记。在文学艺术上，这个特点表现为高雅的古典传统和民间地方传统相结合、意大利诗歌和西班牙民间诗歌相结合。

16世纪是西班牙文艺复兴的全盛时期，这一时期又可根据以下两个王朝分为两个阶段，即卡洛斯一世王朝（1517—1556）和菲利佩二世王朝（1556—1598）。前者被称为西班牙文艺复兴的第一时期，其主要特点是对外开放，特别是向意大利的影响开放。菲利佩二世王朝时期是西班牙文艺复兴的第二时期，其主要特点是带有很强的反改革的印记，一切与其他欧洲文化的接触都被当作洪水猛兽，这使得西班牙的文艺复兴运动更加本土化。

16世纪的西班牙，与文艺复兴运动紧密相关的思想潮流主要是伊拉斯谟学说、宗教改革思想和反改革思想。伊拉斯谟学说对西班牙的文艺复兴影响巨大，它是推动宗教运动的思想基础，其宗旨是追求新的内在的精神，净化习俗，使之不受宗教的外部形式的束缚。伊拉斯谟的著作在16世纪上半叶对欧洲文学创作思想产生了深刻的影响。伊拉斯谟学说是具有超出宗教领域的思想意识的理论，其影响遍及文化、政治和哲学领域。卡洛斯一世时期，西班牙深受伊拉斯谟思想的影响，1516年伊拉斯谟的著作首次被译成西班牙语出版，并广为流传，就是标志。

随着路德学说在西班牙遭到抵制和批评，伊拉斯谟思想也面临着类似的命运。从伊拉斯谟去世的那年（1536）开始，对其思想的围剿也系统地开始了。宗教裁判所反改革、反异教的火焰也愈烧愈旺，主要标志是对托雷多主教的处置，不断宣布16世纪上半叶出版的禁书目录，以遏制伊拉斯谟著作影响的扩展。然而，伊拉斯谟思想是禁止不了的，人们从塞万提斯的《堂吉诃德》和路易斯·德·莱昂教士的《基督的名字》中都可以看到伊拉斯谟思想的影响。

马丁·路德（1483—1546）的宗教改革运动震撼了罗马教廷，为基督教传教士进一步解释基督教教义拓宽了思路，为新教教会的建立铺垫了基础。新教的产生不仅给予欧洲宗教的精神生活以巨大影响，而且还对16世纪欧洲许多国家的政治权力的格局产生了影响。甚至从一定意义上讲，这场宗教改革运动对欧洲的发展起了极为重要的作用。

在西班牙，为了应付改革运动带来的不利情况，反改革运动应运而生，这是由多次因政治原因中断的意大利的特兰托宗教会议（1545—1563）策划的。这次会议对西班牙的影响颇大，国王菲利佩二世的政策就是以这次会议的宗旨为基础的。在反改革运动的导引下，出现了许多新的教派，耶稣教派是贯穿整个16世纪，影响较为深远的教派。

16世纪中叶震荡欧洲的深刻的宗教改革和反改革之间的斗争，彻底改变了文艺复兴以来人们对生活的看法。生活已不是欢乐的节日，文艺复兴初期和中期曾被忽视的，或没有给予重视的问题又被重新提了出来。精神上的紧张替代了昔日生活的稳定与安逸。西班牙比任何其他欧洲国家都更深切地感受到"反改革"的思想所带来的深刻的变化。在这种情况下,基督教的原罪感又重新回到人们的头脑中,主张人的美好的人文主义理想破灭了,随之而来的是充满忧郁的悲观主义。

面对社会的衰败,西班牙知识界采取了两种截然不同的态度。一些人认识到痛苦的现实,采取了悲观主义的态度,其代表是诗人克维多①,在他晚期作品的字里行间流露出面对失败的痛苦的情感,与他早期作品中的勃勃生机形成鲜明的对照。但在西班牙社会中,持这种态度的人占少数,大多数人还陶醉在昔日繁荣的欢乐之中,不愿面对现实。在16世纪末期,文艺复兴运动与西班牙的具体的历史状况发生了激烈的碰撞,而在西班牙文学中,存在着痛苦的反思和感官的喜悦、严酷的现实和美好的想象之间强烈的反差。正是在这剧烈的撞击和鲜明的反差中产生了独特的巴洛克风格。

巴洛克风格的主要特点是激进、夸张,与文艺复兴时期文化艺术中所表现出来的平衡与和谐决裂,以寻求读者的共鸣。它的矫揉造作,繁文缛节,奇思异想,辞令的修饰,都在文学艺术的创作中起到了重要的作用。它那粗鲁的比喻,以及通过比喻和反复使用的象征物来表现感官体验事物时的不稳定性等出其不意的表现手法,

---

① 克维多(Francisco Gómez de Quevedo y Villegas,1580—1645):西班牙诗人、小说家。

都揭示了事物的两重性。文学家们采用的这些令人耳目一新的创作手法最清楚地展示出巴洛克文学的作用和它的美学目的。

塞万提斯正是生活在这样一个动荡的时代：在政治上，西班牙正从它的巅峰走向衰败，而在文学艺术上，西班牙跨越了两个截然不同却又相互联系的不可分割的时期——文艺复兴时期和巴洛克时期。塞万提斯的作品中所显露出的创作风格无疑反映了那个时代的艺术风格，既有文艺复兴的风格，也有巴洛克风格。

塞万提斯的文学创作之所以取得成功，他的作品之所以具有超越时空的魅力，是因为他与文学有着不解之缘。尽管他一生经历坎坷，但成为文学家却始终是他的夙愿。这不仅因为他自幼对文学有着特殊的喜好，而且还因为他是在西班牙这块文学沃土上成长起来的，经历了文艺复兴思想的洗礼。我们从他的作品的体裁和题材，以及创作手法上，都能看到他善于取其精华，将各种因素有机地糅合到自己的作品中去，并使之发扬光大的创作思想。

在历史和文学的银河系中，闪烁着无数耀眼的明星，塞万提斯就是一颗善于吸收光和热的星斗。西班牙文学的沃土培育了一代又一代有作为的作家，塞万提斯正是植根于这块文化沃土上的才华横溢的文学家。塞万提斯离不开西班牙文学，离不开古希腊罗马文化，反过来说，西班牙文学也离不开塞万提斯。他为西班牙文学增添了无限的光彩。

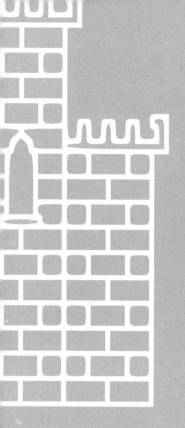

PART 3

塞万提斯代表作赏析

我们知道,塞万提斯没有像西班牙同时代的伟大诗人、戏剧大师洛佩·德·维加那么家喻户晓,也没有像戏剧家卡尔德隆那样受到宫廷的赏识。塞万提斯对自己的作品的看法也颇为有趣,他写的唯一一本田园小说《伽拉苔亚》在他看来比《堂吉诃德》要好得多,而他最寄希望的是他写的最后一部在他去世后才发表的爱情小说《贝雪莱斯和西吉斯蒙达历险记》。而与他的美好愿望相悖,这本书并未引起多少西班牙人的关注,更没有引起文坛的兴趣。这两部小说出版后都渐渐地失去影响。与此相反的是,《堂吉诃德》一出版便受到普遍欢迎,在随后的几个世纪里,这部著作引起了各种不同层次的读者的极大兴趣。各个时代的读者都会从书中发现新的东西,发掘出新的内涵,产生不同的感受。

　　下面,我们就塞万提斯获得最大成功的长篇小说《堂吉诃德》,

以及流传较广、影响较大的短篇小说集《训诫小说集》和几部剧作进行介绍与分析。

《堂吉诃德》：
从"逗乐"作家到现代小说创建者的飞跃

《堂吉诃德》无疑是塞万提斯的代表作。自1605年塞万提斯发表《堂吉诃德》以来，为了实现崇高理想而赴汤蹈火在所不辞的堂吉诃德的形象进入了世界各国的千家万户。《堂吉诃德》一版再版，成了具有强大生命力的文学经典著作。四个世纪以来，这部作品已被译成五十四种文字，出了两千多个版本，是世界上除了《圣经》以外翻译得最多、出版得最多的图书。

《堂吉诃德》上卷于1605年1月发表后，立即获得巨大的成功。短短的几周内，这部作品就流传到了美洲。几个月内，在葡萄牙和阿拉贡地区就出现了盗版的《堂吉诃德》。一年内这部小说再版了六次。然而，就在塞万提斯继续写下卷的时候，也就是在1614年，署名阿隆索·费尔南德斯·德·阿维亚内达的假冒的《堂吉诃德》下卷出版了。这部赝品的风格代表了那个时代文学的主流，但它失去了塞万提斯在上卷的叙述中的幽默，没有了熙德·阿梅德·贝南赫利这个原始作者，没有了日常生活和人物心理的描写，而最明显的败笔是主仆二人在性格上的光彩荡然无存，桑丘成了16世纪喜剧中流行的可笑庸俗的小丑。这部作品不仅丑化了堂吉诃德的形象,而且对塞万提斯本人和他的作品进行了粗暴的攻击、谩骂。塞万提斯读了这本书后的愤怒心情是可想而知的。他除了在下卷的第五十九章对阿维亚内达进行了彬彬有礼的回击外,更加夜以继日地工作,希望能将下卷早日完成。为了有别于阿维亚内达的冒牌的下卷,塞万提斯改变了堂吉诃德的游历路线,因为照塞万提斯在上卷的说法,堂吉诃德的游侠路线是去萨拉戈萨,而假冒的下卷也正是按这样的安排去了萨拉戈萨。于是,塞万提斯决定下卷的堂吉诃德去巴塞罗那,而不是去萨拉戈萨。1615年11月下卷发表,在印有塞万提斯名字的那一页上,特别注明这是写了上卷的作者。而且这一卷也以主人公的去世作为结束,将《堂吉诃德》一书的创作画上了最后的句号。正如塞万提斯事先估计的那样,这本书出版后立即获得了成功,而那本冒牌的《堂吉诃德》下卷很快就销声匿迹了。

《堂吉诃德》上卷在1605年发表后即受到普遍的赞誉,人们几乎一致公认塞万提斯的才能。但是,人们仅仅把这部小说看作一部逗笑的以讽刺为目的的天才作品,把堂吉诃德看作一个疯癫可笑的骑士。根据记载,西班牙国王菲利佩三世在王宫的阳台上看到一个少年一面看书一面大笑,就说这个少年肯定是在看《堂吉诃德》。经过了解得知,情况果然如此。在那个时代,人们只把这部小说看作令人发笑的通俗读物,塞万提斯只是一个善于逗乐的作家。

然而,随着时间的流逝,人们对《堂吉诃德》的理解与认识也在不断深入。1837年,海涅以"塞万提斯是现代小说的创建者"的观点揭开了对《堂吉诃德》的划时代的重新解读。到了20世纪,对《堂吉诃德》的研究进入了一个崭新的时代。人们对《堂吉诃德》的理解更加多元化,对塞万提斯的作品从各个角度进行更加深入的分析,有的从存在主义的批评入手,有的从社会人类学或叙事学的角度出发,有的分析作品的美学,有的分析塞万提斯的思想来源。从现代文艺批评的观点来看,文艺批评本身也是一种再创作,是作者作品创作的延伸。不断深入地对经典作家的经典作品的研究,构成了整个文学创作的不可分的组成部分。这是文学创作的发展的需要,也是文学创作不断创新的需要。塞万提斯留给我们最大的一个启示就是创新精神,就是文学作品应具有鲜明的个性。社会科学、人文科学虽然与自然科学有所不同,但在创新这一点上是完全一致的。人们从不同的角度对《堂吉诃德》进行评述,这一事实本身就足以说明《堂吉诃德》作为世界文库中的经典作品所具有的无穷魅力。

《堂吉诃德》的故事

在西班牙中部的曼却地区,有一位年近50岁的身体瘦弱的乡绅,名叫吉哈诺。他整天沉迷于游侠骑士小说,梦想有朝一日能做一个除暴安良的骑士,扫尽世间不平事,扬名于天下。他弄了一副祖上留下来的破烂不堪的盔甲,并给自己找了一匹瘦骨伶仃的马作为坐骑,取名洛西南特。他还模仿古代骑士,给自己找了位意中人,取名杜尔西内亚。等一切准备就绪,他便自封骑士堂吉诃德,开始游历四方。

这位堂吉诃德先生一共出游三次。第一次他单枪匹马出行。他把妓女当侍女,把客店当城堡。他路遇不平,解救了被农夫绑在树上痛打的放羊倌,命令农夫给孩子松绑,让他如数付给孩子工钱。堂吉诃德走后,农夫回去把孩子又一次捆绑起来,对他进行更加凶狠的责罚。而离开的堂吉诃德却为自己惩恶扬善的业绩沾沾自喜。一路上,堂吉诃德念叨着自己的心上人杜尔西内亚,他要按照骑士的规矩把自己的业绩献给心上人。这时他遇到一队商人走来,他断定他们是游侠骑士,便要他们认可他心中的杜尔西内亚是举世无双的女皇。看到他如此疯癫,其中的骡夫便讥嘲他那心中美人。堂吉诃德听罢怒火中烧,举矛策马朝那人冲去。然而,坐骑在半路上被绊倒在地,堂吉诃德摔倒后被人一顿痛打,非常狼狈。这时,一位过路的老乡认出了堂吉诃德,把他送回了家中。

　　回到家里,堂吉诃德仍然认为他被邪恶之人算计了。村里的神父、家中的管家和外甥女都认为他读骑士小说着了魔,便要把那些书都烧掉。堂吉诃德为了下一次出游,说服了同村的穷苦农民桑丘,允诺他在夺下海岛后让他当总督。于是,憨厚老实的桑丘便当上了他的侍从,跟随"老爷"出征了。

　　主仆二人走出不远,便看见曼却地区常见的风车,堂吉诃德又认为这是邪恶的巨人。无论桑丘如何劝他,说这是风车,堂吉诃德仍驰马朝风车冲去。结果被风车的叶片掀翻在地,弄得狼狈不堪。但他认为这又是魔法师使的法术,来作弄他的。

　　主仆二人边走边聊,忽然看到前面烟尘滚滚,堂吉诃德立即告诉桑丘,有两支队伍正在进行战斗,他要帮助仁义之师打败邪恶势

堂吉诃德被风车掀翻在地

力。桑丘告诉主人这不是两支军队，而是两个羊群。堂吉诃德毫不理会桑丘的好言相劝，冲进羊群，举枪便刺。牧羊人见阻挡不住，便拿起弹弓，把堂吉诃德打得头破血流。然而,堂吉诃德却不以为意，仍然认为自己是为正义而战。

接着，发生了一系列荒诞不经的事情：堂吉诃德把客店当城堡，在客店里受尽了折磨；他们还遇到一个头顶脸盆挡雨的理发师，堂吉诃德把脸盆当作古代阿拉伯王头上戴的曼布里诺的头盔，便抢了过来，认为这是自己作为骑士的荣耀，桑丘反复劝他说这是理发师用的脸盆，但堂吉诃德仍坚持己见，这时，机智的桑丘便说这是盆盔，巧妙地化解了两人之间的尴尬。不久，堂吉诃德遇到一群苦役犯，为了解救他们，却遭了一顿打。他去黑山修身养性。在客店把红酒皮囊当作巨人戳来戳去，弄得满地淌着红酒。他让桑丘给他的心上人杜尔西内亚送情书，桑丘在路上偶遇村里的神父和理发师，他们设计巧妙地把堂吉诃德骗回了家，不再让他出门。

堂吉诃德在家里的一番经历也十分有趣。他与外甥女、管家太太、神父和理发师的谈话充分显示了他的疯癫与睿智。堂吉诃德得知自己的故事被人写进了书中，十分得意，于是决定再一次出游。

主仆二人在告别了卡拉斯科学士之后，决定去托博索见堂吉诃德的心上人杜尔西内亚。到了托博索，堂吉诃德让桑丘前去打探，邀请杜尔西内亚来与他见面。桑丘进到村口，看到三个村姑朝他走过来，便心生一计，立即回去禀报主人杜尔西内亚来了。堂吉诃德怎么看这三个人也是村姑，不是他的心上人。哪知桑丘见到三个村姑走来，立即上前跪在一位村姑前称赞公主的美貌智慧，堂吉诃德也跟着跪下，认为是魔法师使了障眼法，把他的心上人变成了村姑。三个村姑见到如此疯癫的人，只有一逃了之。桑丘的计谋得逞，堂吉诃德把怨气都撒在魔法师身上。

主仆二人接着赶路，路上遇到乔装镜子骑士的卡拉斯科学士。卡拉斯科学士代表家人让堂吉诃德出游，本想使个计策战胜堂吉诃德，把他带回家。但他在与堂吉诃德比试中败下阵来。这其中的真骑士、假骑士，真疯、假疯，令人忍俊不禁。

堂吉诃德继续他的行程，路上遇到一个绿衣男子，两人进行了一番颇为有趣的对话，堂吉诃德对诗歌、对教育、对时政都发表了充满理性的见解。

这时，他们遇到给国王送狮子的队伍，堂吉诃德演绎了一场大战狮子的好戏，最终不战而胜。接着，堂吉诃德主仆二人遇到牧羊人，在参加了卡马却的婚礼后，来到向往已久的神秘的蒙特斯诺斯洞穴。这次洞穴历险中最为奇妙的是洞里呈现的犹如东方的一片桃花源般的景致，以及堂吉诃德对他在洞中遇见的一切的梦幻般的描述。这扑朔迷离的一切留给读者无数的想象空间。

从洞中出来，主仆二人遇上了正出行打猎的公爵夫妇。公爵夫妇读过《堂吉诃德》上卷，因而知道这主仆二人的秉性，便对他俩开了一系列的"玩笑"。首先，在面对教士对他从事的骑士事业的责难，堂吉诃德的辩驳充分表现出一个为了理想赴汤蹈火在所不辞的理想主义者的高风亮节。接着，公爵以堂吉诃德的名义给了桑丘一个海岛，让桑丘当总督，并设置了几起疑案让桑丘来处置。桑丘办事英明果断，将疑案一一妥善处理，还制定了许多有益于民众的法律。最后，公爵派人扮作敌人攻打海岛，桑丘被打，吃尽了苦头。堂吉诃德厌倦了公爵府的生活，主仆二人遂决定离开。

他们在去巴塞罗那的途中又遇到曾读过堂吉诃德传记的人，对传记中记载的事情进行了有趣的评述，甚至对《堂吉诃德》下卷也进行了评论。

最后，他们遇到了曾经设计与堂吉诃德决斗，并败给了他的卡拉斯科学士，他这次装扮成白月骑士，又打算要与堂吉诃德决斗，条件是败者必须听从胜者的安排。这一次，卡拉斯科取得了胜利。堂吉诃德不得不答应回家歇息。

主仆二人回家后不久，堂吉诃德便一病不起。临终时，他神志清醒，认为自己已不是堂吉诃德，而是善人吉哈诺。过去的所作所为均属荒诞不经之事，他嘱托家人再也不要去干骑士那些荒唐事。然而，这时的桑丘却哭着劝主人，要继续那未竟的事业。

《堂吉诃德》的人物

塞万提斯在《堂吉诃德》中塑造了大约七百个不同职业、不同性格的人物形象，其中有贵族、地主、商人、僧侣、农民、牧羊人、演员、士兵、强盗、囚犯、艺人、妓女等。这些人物从不同角度反映了16世纪下半叶西班牙社会的现实：公爵夫妇的骄奢淫逸；牧羊少年的惨遭毒打；勤劳农民的饥寒交迫；贫苦妇女的横遭凌辱；

苦役囚犯的艰难困苦……在一本小说中，以如此宽广动人的画面来反映时代、反映现实，可以说是塞万提斯之首创，它给予现代小说的发展以深刻的影响。

主人公堂吉诃德是个身材颀长、面颊瘦削的乡绅，是一个内在情感丰富、矛盾复杂的人物典型。塞万提斯对他的塑造，是细致入微、层次分明、寓意深长的。

堂吉诃德

堂吉诃德看骑士小说入了迷，自封骑士，游历四方。他把风车当巨人，把旅店当作城堡，把妓女当成贵妇，把皮酒囊当作巨人的头颅，把羊群当作魔法师的军队……他的这一系列行为疯癫古怪，完全是一个神志不清的疯子。

一方面，作者正是通过疯疯癫癫的堂吉诃德的可怜遭遇给游侠骑士画了一幅画像，告诉人们阅读骑士小说会带来多么可怕的恶果。你看，那明明是磨房的风车，他却认为是三头六臂的巨人，于是便催马提矛舍命冲去，结果被掀倒在地不能动弹。这种被骑士小说弄得神魂颠倒、荒唐可笑的秉性是作者赋予堂吉诃德这个人物最直接的含义。

另一方面，作者把堂吉诃德当作英雄来赞颂。透过令人发笑的一件件荒唐事，我们可以看到他锄强扶弱、见义勇为的英雄气概。他冲向羊群，戳破酒囊，与风车搏斗，是因为在他眼里这些都是社会的丑恶势力。而他作为骑士的职责便是要争得民主、自由、平等，

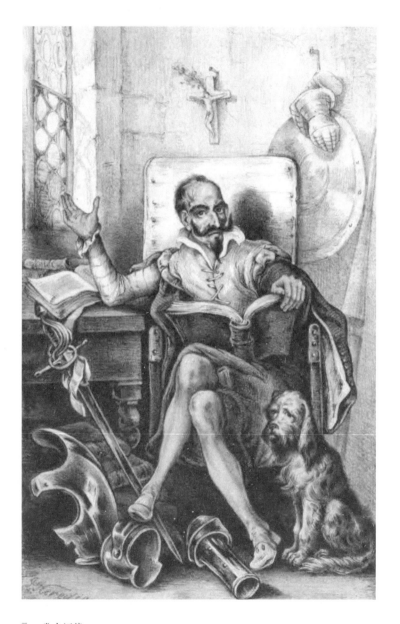

堂吉诃德

并随时准备为理想去赴汤蹈火。这时，塞万提斯笔下的堂吉诃德已不是中世纪的骑士，而是具有文艺复兴时期人文主义思想的勇敢斗士了。

此外，堂吉诃德还是一个思想脱离实际的文学典型。他生活在主观的幻觉之中，满怀着善良的愿望，为解救别人的痛苦，置个人安危于不顾，而得到的却是相反的结果，害了别人，也嘲弄了自己。

对几层含义不同的堂吉诃德，作者采取的态度是截然不同的。他对一味追求骑士道的堂吉诃德是辛辣的讽刺和无情的挖苦，竭尽全力暴露他的荒唐与可笑。而对具有人文主义思想的、理智的堂吉诃德则是热情的歌颂。实际上，堂吉诃德侃侃而谈的崇高理想和对现实的无情抨击，正是作者本人的心声。对于处在美好的理想与黑暗现实的冲突之中的堂吉诃德，作者的嘲讽是善意的，富有同情心的。其实，这正是作者的美好理想在生活中处处碰壁的写照。

塞万提斯在《堂吉诃德》里讲这么一个"疯子"的故事，一个荒诞不经的故事，实质上包含了一个更加深刻的比喻，即以荒唐可笑的追求比喻崇高的理想和道义，让堂吉诃德的美好理想经受现实的考验。堂吉诃德并不是一个简单的疯子，他能对时政发表颇有见解的言论，不仅将他的理想寄托在过去的世外桃源的生活中，也不断为实现理想而努力奋斗。这是塞万提斯借堂吉诃德的"疯"，试图进行的更深层次的比喻。

桑丘是另一个栩栩如生的人物形象。他是一个生活贫穷、朴实善良、机灵乐观，但目光短浅、狭隘自私的普通农民。

堂吉诃德让桑丘当他的侍从，答应给他工资，还承诺分给他战利品，在夺取了海岛后还要让他当总督。桑丘正是在物欲的推动下才跟随堂吉诃德的。他为了获得实际的利益追随堂吉诃德，不论堂吉诃德的臆想如何荒唐，他都从实际出发，不会把客店当城堡，把羊群当军队，但他又是主人的侍从，对主人忠心耿耿，无论遇到什么艰难险阻，他都跟随主人，从未抛弃主人。而且，他总是以机灵的方式化解两人之间的尴尬。他谈吐幽默，说起话来妙语连珠，且内含深刻的生活哲理。

在陪伴主人的过程中，桑丘受主人的美好理想的感染，心胸开阔起来。任海岛总督期间，他秉公断案，执法如山，爱憎分明，光明磊落。而到了小说的最后，当堂吉诃德清醒过来的时候，桑丘却想让主人从床上起来，再次一起去游历四方。

他与耽于幻想、迂腐固执的堂吉诃德形成鲜明的对照。他们主仆两人相辅相成，相反相连。全书的矛盾冲突便在他们这一"智"一"愚"的对话中不断发展。

堂吉诃德在桑丘上任海岛总督前劝告他说："桑丘，你听着，只要你崇尚美德，以行为端正为荣，就完全不必羡慕那些出身王公贵族的人们。血统来自祖上，品德自己修养；美德自有价值，血统哪能比拟。"[①]如果说堂吉诃德的世界是非理性的，其他人的世界

---

① 《堂吉诃德》，董燕生译，浙江文艺出版社，1995年，764页。

是理性的，那么其他人物的世界就要比堂吉诃德和桑丘生活的世界更加真实。但是，我们从桑丘治理海岛的政绩和堂吉诃德关于如何治理海岛的议论中可以看出，他们管理领地的能力一点也不比骄奢淫逸的公爵差。在这样的情况下，人们很难分辨出哪个现实更加理性。在堂吉诃德的疯癫与桑丘的讲究实际这两个层面的不断冲突和相互渗透、相互转换的过程中，作者借疯癫进行的比喻具有了更深的含义。

读者在主仆二人行侠的过程中会发现，堂吉诃德的非理性的行动具有某种伟大的意义。堂吉诃德是一个善良的人，他毫不利己地与敌人进行战斗。这是他的伟大之处。此外，由于堂吉诃德脱离实际，沉湎于幻想，他才被严酷的现实战胜，因为现实要比梦想更沉重，至少比一个人的梦想沉重。塞万提斯想要告诉我们的是，许许多多人的梦想或许会战胜严酷的现实，战胜被公爵统治的现实。在《堂吉诃德》中，现实尽管战胜了堂吉诃德，但我们却会感到，这个现实必定会被人改变，我们都应该成为堂吉诃德，都应像他那样有点儿"傻"。也许只有所有的人都去幻想、去行动，现实才会改变。被战败的已经死去的堂吉诃德是塞万提斯在小说中进行的真正的深沉的比喻：一个堂吉诃德是远远不够的，要改变现实，需要有千千万万个堂吉诃德。当只有一个堂吉诃德的时候，现实是无法改变的，只有我们都变成堂吉诃德的时候，为美好的理想进行的斗争才永远不会停止。这就是塞万提斯借《堂吉诃德》给我们的启示：人类为了实现美好的理想，要进行坚持不懈的努力，即使明明知道要失败，也要勇往直前，毫不退缩。

塞万提斯巧妙地用他塑造出的性格迥异的两个主人公来反映人的普遍属性。堂吉诃德和桑丘，一个追求自由、公正这些人类最美好的理想，而另一个则把得到实际利益作为自己的目标。然而在两人游历冒险的过程中，他们相互影响，彼此逐步认同。也就是说，堂吉诃德逐渐桑丘化，而桑丘逐渐堂吉诃德化。两个人相辅相成，逐渐融合成了具有矛盾心理的一个人。德国诗人海涅曾认为，堂吉诃德和桑丘结合起来才是书中真正的主人公，并称赞塞万提斯塑造了这么一对人物典型是"这位创作家在艺术上的识力以及他那深厚的才力"[①]。塞万提斯把一个人的两重性注入两个不同性格的人的身上。也就是说，他用两个不同秉性的人来展示一个人的矛盾的内心世界，并以此来揭示人的本质。他这样做的道理很简单，因为在我们每个人的心中，都有一个堂吉诃德和一个桑丘，所不同的只是追求理想与讲究实惠在每个人心中所占的比例不同，人们的行为准则也因此不同而已，并由此而派生出许多复杂的性格特征来。

塞万提斯的代表作《堂吉诃德》像一部人生百科全书，将人类最普遍的感情通过书中各个栩栩如生的人物展示在各个不同时代的读者面前。书中描绘的人和物虽然带有塞万提斯那个时代的时代

[①] 海涅的精印本《〈堂吉诃德〉引言》，见《文学研究集刊》第二册，人民文学出版社，1956年，第179页。

气息，人物穿着西班牙16世纪的衣装，但这些人的精神本性却反映了人本身的特性。几个世纪过去了，人的生活习俗发生了变化，人的一些气质也改变了，人的生活观念，以及人所面临的问题也都发生了巨大的变化，然而，人的基本特性却没有改变。因此，不同时代、不同经历、不同年龄的读者对《堂吉诃德》虽然都会有各自的理解，但他们体味出的各种不同的含义却反映出人对自身基本特性的认识，而这种认识从各种不同的角度揭示了人类所具有的本质特征。

《堂吉诃德》的文学价值

《堂吉诃德》的文学价值就在于它提出了至关重要的文学理论问题：虚构作品的真实性问题，历史和虚构的相互关系，文学和生活的关系，以及文学对特定的人和事的作用，等等。在整篇小说的叙述中，文学想象和现实生活的反差都十分突出。

在书中，作者将一个虚构的文学故事与一个试图抹杀现实与想象之间的差别的"英雄"所代表的现实生活相比较，这本身就意味着这部小说从一定意义上讲就是一部文学评论的书。这里谈到的"现实生活"实际上只是塞万提斯的又一个虚构，因此我们可以说，塞万提斯用一个虚构的文学与另一个虚构的文学相比较。在叙述中，作者试图不断地把他的故事说成是真实可靠的事实，而这种手法也只是欲盖弥彰，明眼人很容易看出矛盾之所在，难怪在上卷的结尾作者写道："他只要求读者坚信不疑，因为一切明白人读到在世间经久不衰的骑士小说的时候，都是这么做的。"①

的确，这一切都是逗读者发笑的文字游戏。然而，从理论上说，这是历史的真实与文学的虚构的关系问题。根据黄金世纪时期的理论，历史和诗歌是两个叙述方式的端点。一切叙述作品都是围绕它们进行的。而以此为出发点形成了对叙述的新的看法，并由此产生了现代小说，以区别散文的古老的变体。对此，以前的小说家们，包括流浪汉小说作者都未能关注他们创作的作品的创作理论。而塞万提斯却将他的文学理论从疯癫的英雄的举止中阐发出来，他甚至还让小说中的人物得知他们在小说中的存在。塞万提斯假托雷多教长之口，一方面抨击了骑士小说的弊端，另一方面又展示了骑士小说的活力："可我认为，即便是胡说，也要编得像模像样，因为越是真假难辨的东西越能引起兴趣。虚构的故事必须得到读者的理解和认可，让子虚乌有触手可及，变恢宏威严为平凡可亲，这样才能引人入胜，造成始料莫及、喜出望外、震慑和愉悦并行的效果。"②教长的这一番话再恰当不过地表明了塞万提斯的创作思想，即主张抹杀真实可信的事和奇妙虚幻的事之间的界限，而不像塔索和皮西亚诺主张的那样强调它们之间的区别。这也是英雄史诗和虚构小说的区别。毫无疑义，塞万提斯正是喜爱这种"让子虚乌有触手可及，

---

① 《堂吉诃德》，董燕生译，浙江文艺出版社，1995年，第464页。
② 同上，第430页。

变恢宏威严为平凡可亲"的引人入胜的效果。他的最后一部小说充满了令人叹为观止的冒险,又一次表明了他的这一创作原则。

在塞万提斯之前,文学创作领域尚无成文的小说理论,尽管已出现了小说①这种体裁的文学作品,但理论却是沿用《诗学》中提出的准则。在这些小说中,书中的叙述者一般是无所不知或知之甚多的,对其叙述的人和事无所不知,而且从不离开他们,这是一个无时不在、无所不知的叙述者。而在《堂吉诃德》中,叙述者的叙述就不那么自信、那么万能了。在叙述过程中,这位第一叙述者杜撰了这本书的一个阿拉伯作者,一个名叫熙德·阿梅德·贝南赫利的阿拉伯历史家。这位不懂阿拉伯语的第一叙述者请了一位摩尔人将这个故事从阿拉伯文译成了西班牙文,第一叙述者除了杜撰出这位史学家写的传记外,还引用了在西班牙的曼却地区保留的传说。除了史学家这位第二叙述者,还有第三叙述者,他就是将阿拉伯语译成西班牙语的摩尔人翻译。这位摩尔人译者尽管怀疑下卷的第五章是假造的,仍然将它译了出来,并在原著上加上了批语。除此之外,在叙述故事的过程中,作者还故意造出叙述的空缺或不足,插入其他颇具可信度的史料。如在上卷的最后一章中,当传记作者找不到真实的记载时,引用了曼却地区保留的传说。当得知了堂吉诃德的

---

① 需要指出的是,"小说"这个词在西方语言里是指长篇小说,在17世纪才开始成熟起来。短篇小说称为"故事",在这之前就已有了。

行踪，又从偶然遇到的一位老医生的铅皮箱（这个铅皮箱还是医生在翻造隐士的破屋时从废墟中发现的）里的羊皮纸的手稿上发现了用西班牙语写成的有关堂吉诃德的许多事迹，以及记载杜尔西内亚、桑丘等人的许多故事的诗歌。传记作者翻阅了曼却地区的所有文献才使得这部传记问世。这样，在作者、叙述者、原书的作者、译者、地方传说和地方文献之间存在许多层面的不确定性，文学的虚构与现实之间的界限模糊了。作者几乎成了故事的一分子。读者便会在不知不觉之中进入文学创作的迷宫（或曰文学创作的陷阱），共享文学的现实。

然而，对于文学虚构与现实、创作与阅读这一现当代作家十分关心的文学创作的理论与实践问题，塞万提斯的贡献还远不止于此。在《堂吉诃德》中，书中人物谈论文学、谈论《堂吉诃德》、谈论《堂吉诃德》中的人物、谈论上卷中出现的自己，甚至他们还议论塞万提斯本人，评述他的其他作品，如《伽拉苔亚》和《训诫小说集》。当教长和理发师检查堂吉诃德的图书室时，读者会不无惊奇地发现，藏书中竟有塞万提斯写的书，读者甚至会找到他们正在读的这本书。他们的谈论是那么自然、那么融洽，毫无矫揉造作、牵强附会之嫌，创作和现实、虚构和真实之间的界限几乎被彻底抹杀了。这与《一千零一夜》中故事套故事，莎士比亚《哈姆雷特》中的戏中戏有着异曲同工之妙，而层次则更加丰富，寓意也更加深刻。

在《堂吉诃德》下卷的第二章堂吉诃德与桑丘主仆二人诙谐逗趣的闲侃中，桑丘告诉堂吉诃德他们的故事已经写成了书，两人在惊诧之余,与稍后到来的参孙学士一起谈起了《堂吉诃德》上卷的出版,以及上卷中的故事和人物,谈到了堂吉诃德与桑丘的性格特征与语言习惯。

在下卷主仆二人的行侠途中遇到的姑娘们也看过《堂吉诃德》,并知道赫赫大名的主人和会逗乐的仆人,还知道堂吉诃德的意中人是杜尔西内亚,大家一起相聚,感到分外亲切与融洽[1]。作品与读者、作品与阅读之间的相辅相成的关系以书中人物评论该书的方式展示出来。现实与虚构的界限又一次模糊了。下卷的书中人物不仅评论该书的上卷,还互相谈论冒牌的《堂吉诃德》下卷,桑丘还痛斥冒牌作品对他的诬蔑。

纵观整部作品,作者、叙述者、阿拉伯作者、摩尔人译者、地方传说、人物、作品、假冒作品等创作手段与内容有机地融合在一起,这是迄至当时为止,看待文学创作的一种全新观念,它初步提出了阅读即作品创作的延伸的看法。

艺术作品是作品和作者相互影响的结果。正如陀思妥耶夫斯基所说,自塞万提斯以后,人物对作者有了相对的自由。这一倾向在《堂吉诃德》下卷中表现得尤为明显。如果说在《堂吉诃德》上卷中,堂吉诃德还是一个由作者摆布命运的人物,那么在《堂吉诃德》下卷中,堂吉诃德这个人物已明显地左右了作者,开始影响他的创

---

[1] 《堂吉诃德》,董燕生译,浙江文艺出版社,1995年,第420页。

作。塞万提斯已经明白，堂吉诃德已不是一个吸引人、给人逗乐的疯子，而是一个做人的榜样。在上卷中，堂吉诃德一出场就是以一个讽刺的人物形象出现的，因为凭阿隆索·吉哈诺乡村绅士的身份是不可能成为骑士的（只有贵族才能成为骑士，而阿隆索·吉哈诺只是一个乡绅），这是那个时代人所皆知的起码的常识。塞万提斯一开始就有意识地把他创作的主人公置于可笑的境地。可是，到了下卷，主人公愈来愈具有自己独立的秉性，他已不是由作者任意摆布、让人嘲弄的笑料了，他已经具有了更崇高、更深刻的含义：他所代表的堂吉诃德主义已不单纯地意味游侠骑士的冒险精神，也不仅是脱离实际沉湎于空想的代名词，而是具有了人类社会中人所具有的普遍的、本质的特性，读者从每一个章节中都可以看到或联想到这种普遍而本质的属性。塞万提斯利用堂吉诃德的疯癫将现实与理想、现在与将来同时呈现在读者面前，以他独特的方式去理解现实，并把与现代人一样的思索在小说的字里行间丰富地表述出来，具有很强的文学性和现代性，让不同时代的不同读者去进行自己的理解与想象。

《堂吉诃德》的社会价值

塞万提斯生活在一个充满危机的时代，他的作品，特别是他的《堂吉诃德》揭示了处于危机的社会和个人所面临的各种具有本质特性的问题。而这正是现代社会及未来社会的本质特征。《堂吉诃德》充满了取之不尽的人文主义精神。对书中每个主要篇章的新的理解都能给我们新的启示，并澄清我们的生活。①

在堂吉诃德解救苦役犯一章中，主人公用理想中的绝对的自由反对国王的法律，但在释放了苦役犯后，他却让他们拿着曾经戴在他们手脚上的锁链去见他的心上人杜尔西内亚，向她请安，向她称颂他的功绩。本来，释放苦役犯，给予他们自由，是堂吉诃德实现他追求自由的目的，但他却用它当作送给杜尔西内亚的礼物。这样，目的变成了手段。他的慷慨大度变成了另一种形式的压迫。想想我们周围的许多人与人、国与国之间的事，无不与这种感恩的锁链有关。在许多情况下，人们在除去一个枷锁后又套上另一个枷锁，这样，人们追求的美好与自由究竟在什么地方，以什么方式才能得到呢？这一章故事的结局所具有的含义是十分深刻的：苦役犯们拒绝去见杜尔西内亚，并用石块教训了堂吉诃德。由于堂吉诃德无法将他的意志强加在被他解救的苦役犯的身上，作者便把堂吉诃德的美德又还给了他，保持了堂吉诃德理想的纯洁性。

塞万提斯的现代性还表现在他对自由的痛苦的认识，他懂得现代生活不能完全满足和实现人的愿望。这种失望、反抗、痛苦的觉悟正是西班牙文学巴洛克风格的特点之一。在《堂吉诃德》中，"自由"一直是堂吉诃德矢志不渝的追求。为深入表述他对自由的理解，

---

① 西班牙著名诗人、文学评论家路易斯·罗萨雷斯在他的长篇论著《塞万提斯和自由》（拉丁美洲合作学院，1985）中逐章逐段地论述了《堂吉诃德》一书文本的现代含义。

塞万提斯将自由所包含的各个层面的意蕴都揭示出来，让读者在阅读的过程中去体味"自由"的甘甜与苦涩。首先，塞万提斯假堂吉诃德之口阐述了他的关于自由的人文主义思想："桑丘啊，自由是上天赐予人类的珍贵财富，深埋地下和海中的人、宝物都无法与之相比。自由和名誉一样，都值得为之付出生命的代价。"[①] 塞万提斯在书中的不同场合以不同的方式阐述他有关自由的主张。

塞万提斯不仅用他塑造的人物表达了他对自由的追求，而且还象征性地表述了要获得自由所要付出的代价，即获取自由所包含的更深层次的含义，即在人类社会中，获得自由的唯一形式是孤独。最典型的例子是《堂吉诃德》上卷第十二、十三和十四章中讲述的玛尔塞拉的故事。玛尔塞拉已经成了追求完全自由的代表形象。这个拥有富足家产的美貌女子为了成为自由之人，摆脱了追逐自己的小伙子，独自一人来到山野，成了一个不关心世事的牧羊女。玛尔塞拉和塞万提斯塑造的其他许多人物一样，具有很强的象征意义：要获得完全的自由，就要放弃拥有的一切，建造自己的孤独，要逃避社会，避免与人交往。玛尔塞拉为了保持纯洁，逃避男人，放弃爱情。正如玛尔塞拉吐露心声时所说："我生性自由自在，不喜欢受人约束。""我想的是一个人安安静静活一辈子，和大地分享洁身自好、与世隔绝的恬美。"在听了玛尔塞拉的自白后，作者立即

[①]《堂吉诃德》，董燕生译，浙江文艺出版社，1995年，第875页。

借堂吉诃德之口,表明了自己的态度:"世上所有好人都理应尊崇和赞赏她,因为她已经表明,这世上只有她一人决心洁白无瑕地度过此生。"①

塞万提斯的又一大贡献就在于这部作品揭示了人类社会常常具有的属性,即不同的人因其社会地位、观念的不同,对同一事物具有不同的看法。堂吉诃德和桑丘对理发师的铜盆的不同看法就是一个最明显的例子。在上卷二十一章中,"堂吉诃德看到对面有人骑马过来,头上顶着一个亮闪闪的东西,像是金子做的。"②他对侍从桑丘说道:"对面有个人朝咱们走来,头上戴的就是曼布利诺头盔。"③这时桑丘在一旁不停地提醒主人,那是一个铜盆,是理发师用的铜盆。但堂吉诃德却始终也不相信那是理发师的铜盆。在主仆二人对谈的过程中,堂吉诃德的一番言论颇耐人寻味:"一大帮魔术法师老缠着咱们,不停地变换眼前的东西,而且随心所欲,全看他们是想帮忙还是想捣乱。所以,你觉得是理发师的铜盆,可我看着是曼布利诺头盔,也许另一个人又当成别的东西。那个护着我的智者用他罕见的法力,把货真价实的曼布利诺头盔变成人们眼里的铜盆,免得他们紧追着我来抢夺这件稀世珍宝。他们一看不过是

---

① 《堂吉诃德》,董燕生译,浙江文艺出版社,1995年,第104页。
② 同上,第158页。
③ 同上。

个铜盆，就不想费事弄到手了。"[1] 就这样，塞万提斯借堂吉诃德与桑丘之间有关头盔—铜盆的互不相让的争论，以及众人的劝解与调侃，把世界上的人们对同一事物的不同认识揭示在读者面前。世界上的许多事就是因客观世界的复杂性和人的主观性而变得扑朔迷离起来的。

堂吉诃德的疯与不疯也颇耐人寻味。在堂吉诃德的疯癫与理智、疯癫与智慧之间存在许多不定的因素。堂吉诃德的疯有好几个层次：叙述者不停地指出他发"疯"，侍从桑丘是堂吉诃德干的一连串的疯事的见证人，而且从第一次冒险时他就称堂吉诃德为"疯子"，认为主人是真正地疯了。在这位游侠骑士干疯事的时候，桑丘有时直接说他疯了，有时又自言自语地说他主人发疯了。而对于堂吉诃德本人来说，他往往清楚自己在做疯事，但绝不承认自己疯了。读者看到他做的一桩桩荒唐事的时候都不难发现，堂吉诃德的"疯"的反面是智慧，对于这一点不仅叙述者多次指出，甚至连常说主人发疯的桑丘也因他的智慧目瞪口呆。而疯癫与智慧正是堂吉诃德基于他对现实的两种不同的理解。一方面，他以骑士道的理想去看世界，并试图以自己的方式去改造世界，他因此孤身斗风车，与羊群战斗，解救牧羊少年；另一方面，他又以理性的态度看待世界，对现实中的各种问题阐述自己睿智的看法，如他谈论诗歌、骑士小说，

---

[1] 《堂吉诃德》，董燕生译，浙江文艺出版社，1995年，第203页。

谈论有关武器、正义战争和子女教育等问题，还有在桑丘上任海岛总督前对他的劝告等。人们从他这些侃侃而谈的话语中不难发现，在他的疯癫和理智的后面是塞万提斯对世界的看法。而不论是他的疯癫，还是他的理智，都是他用来诠释周围世界的方法，并以此来抒发他锄强扶弱，建立一个自由正义的社会的美好愿望。

塞万提斯的成功之处就是他将处于两个不同层面的疯癫与理性、疯癫与智慧巧妙地结合在一起。既没有将它们完全对立起来，也没有将它们等同起来，而是既有言语的智慧和行动的荒唐之间明显的反差，又有疯癫与理性两者的相互渗透和相互融合。

综上所述，塞万提斯在《堂吉诃德》中，从各个不同的层面、以不同的方式，充分揭示了事物的各种不同性质的属性。而这正是人类社会中人们在看待事物时常有的一个非常普遍的属性。塞万提斯在《堂吉诃德》的创作中通过各种方式揭示人的本质、剖露事物的普遍属性，给后人以深刻的启迪。

堂吉诃德总是相信他应该看到的，而不是他看到的。他看到的已是经过眼睛过滤过的、已改变了原样的东西，这种观察事物的方式不仅是堂吉诃德的方式，也是社会上许多人看问题的方式。从本质上来说，人们都会不同程度地以这样的方式去看世界。人们往往会通过想象去理解现实，以想象的方式去改变现实。塞万提斯通过他的作品想要告诉人们，不要轻易地被事情的表面现象所迷惑。同时，他也提醒人们，要了解事情的全部并不容易，要彻底弄清事情往往是不可能的。这就是人类社会的本质特征。

在生活中，人们往往会不自觉地以堂吉诃德的方式看世界。当我们把目光对着我们自己时，我们更容易不自觉地以一种变形的眼光看待自己，所以人们对自己的认识往往是更加主观的。从这个意义上说，我们在不同程度上都有点像堂吉诃德，所不同的是，堂吉诃德的主观性已达到"完全"的境地，处于可笑的状态中。尽管作者将堂吉诃德的主观性夸大到了十分可笑的地步，然而，普遍意义上的主观性却是人的一个本质属性。

如果我们看看周围，就会发现在个人或集体的精神的希望中都有一个堂吉诃德在闪动，有时甚至在毫无希望中，他还在执着地捍卫与争取美好的未来。所以堂吉诃德的疯狂具有普遍的意义。

四个世纪过去了，堂吉诃德主仆二人仍在世界各地漫游，他们的脚步声回响在世界的各个角落，愈来愈多的人循着这铿锵有力的步伐在向前迈进，不管在前进的道路上会遇到多少艰难险阻，前途永远是光明的。这就是塞万提斯提倡的堂吉诃德精神的不朽魅力之所在。

《堂吉诃德》对世界文学的影响

英国是第一个把《堂吉诃德》译成自己的文字的国家，也是第一个肯定堂吉诃德的正面品质的国家。尽管英国早期的读者也把堂吉诃德看作可笑的疯子，但英国小说家菲尔丁[①]在他的剧本《咖啡

---

① 菲尔丁（Fielding, Henry, 1707—1754）：英国作家。

店里的政治家》中说,世人多半是疯子,他们和堂吉诃德的不同之处只在于疯的种类不同而已。菲尔丁在《堂吉诃德在英国》一剧中,表示世人疯得比堂吉诃德还厉害。戏里的堂吉诃德对桑丘说:"桑丘,让他们管我叫疯子吧,我还疯得不够,所以得不到他们的赞许。"[①]在英国文学作品中出现了许多堂吉诃德式的人物形象:菲尔丁的小说《模仿塞万提斯的方式写的约瑟·安德鲁斯和他的朋友阿伯拉罕·亚当斯历险记》中的亚当斯牧师;斯特恩[②]的托贝叔叔,狄更斯创造的匹克威克先生,萨克雷[③]塑造的牛肯上校等。这些以堂吉诃德为蓝本的人物形象虽然可笑,同时又叫人同情敬爱,体现了英国人对堂吉诃德的理解。一些英国作家一方面创作了像堂吉诃德那样和蔼的、古怪离奇的人物,另一方面也借用了塞万提斯的创作手法,进一步探究了文学虚构和对常见文学现象的讥讽。

1611年,英国的弗朗西斯·鲍蒙特将《堂吉诃德》搬上了舞台,但没有获得预想的成功。1612年英国出版了由托马斯·舍尔顿于1607年翻译的完整的《堂吉诃德》上卷。这是《堂吉诃德》一书最早的外语译本。1613年2月,莎士比亚就是在这个版本的启发下,与约翰·弗莱彻合作,上演了一出以《堂吉诃德》上卷的第二十三到第二十七章的内容改编的名叫《卡尔德尼奥》的剧(对于莎士比

---

① 引自泰甫(Stuart Tave),《可笑可爱的人》版本,第156、157页。
② 斯特恩(Sterne,Laurence, 1713—1768):英国作家。
③ 萨克雷(Thackeray, William Makepeace, 1811—1863):英国小说家。代表作有长篇小说《名利场》等。

亚是否参与了《卡尔德尼奥》的创作，在莎剧研究者中一直有激烈的争论）。这出戏是在祝贺詹姆斯一世的女儿伊萨贝尔的结婚纪念日的庆祝活动中演出的。可惜的是，这一剧作现在已经失传了。而在英国最早提到《堂吉诃德》是在该书发表的第二年，即1606年，戏剧家乔治·威尔金斯[①]在他的剧作《不幸婚姻的痛苦》中假剧中一个人物之口在第三幕中以夸张的口吻说道："小伙子，高举好火把：现在我已披挂齐备，要与风车战斗，即使是皇帝我也不给他让路。"[②]堂吉诃德的故事早在《堂吉诃德》译成英文前就传到了英国，"与风车战斗"的故事在1607年就在英国流传开来。

英国还是最早对《堂吉诃德》进行评论的国家。约翰·鲍乐[③]在1781年发表了评述《堂吉诃德》的三卷本的专著。英国对《堂吉诃德》表现出的特殊的兴趣是颇令人惊异的，因为在那个时代，自亨利八世到他的女儿伊丽莎白一世，英西两国交恶甚深，然而，英国人对西班牙的敬仰之情却很难掩饰。那个时代的著名的英国戏剧家、莎士比亚的朋友本·琼森[④]在他1610年上演的作品《炼金术士》的第四幕中以剧中人物之口赞颂了西班牙。[⑤]

---

① 乔治·威尔金斯（George Wilkins，1576—1618）：英国戏剧家。
② 转引自《堂吉诃德在瓜纳华托》第一卷，墨西哥瓜纳华托州政府图书出版社，1988年，第15、16页。
③ 约翰·鲍乐（John Bowle，1725—1788）：英国作家。
④ 本·琼森（Ben Jonson，1572—1637）：英国作家。
⑤ 见《堂吉诃德在瓜纳华托》第一卷，墨西哥瓜纳华托州政府图书出版社，1988年，第16页。

在莎士比亚同时代的一些剧作中,《堂吉诃德》的影响是显而易见的:英国戏剧家弗朗西斯·鲍蒙特和另一位英国戏剧家约翰·弗莱彻合作创作的《燃杵骑士》在 1607 年上演。这是一出讽刺骑士文学的剧,和堂吉诃德一样,卖菜的拉尔弗读骑士小说着了迷,学着骑士去冒险,他把旅店当城堡,去解救囚犯。

1614 年法国戏剧家、翻译家塞萨尔·奥丁完整地翻译了《堂吉诃德》上卷。下卷由洛赛①翻译,于 1618 年出版。接着的几个《堂吉诃德》的译本把堂吉诃德改装成法国绅士,让其适合法国的文化和风尚,如圣马丁②的译本。而弗洛利安③的译本则更加迎合法国人的喜好,甚至不惜牺牲原文。弗洛利安笔下的堂吉诃德是一位有理性、讲道德的法国绅士。这个译本由于不忠实原文而早已被人遗忘,但经译者改装的堂吉诃德却在当时的欧洲大受欢迎,1682 年德国的《堂吉诃德》的译本就是从圣马丁的法语译本转译的。《堂吉诃德》在法国获得了较高的声誉,被西班牙人忽视了的《堂吉诃德》中的风格手法在 17 世纪引起了法国文学学院派的关注。法国小说家、诗人斯卡龙④在他的作品《滑稽小说》中对塞万提斯的这种手法身

---

① 洛赛(Francois de Rosset,1570—?):普罗旺斯宫臣,独自翻译了塞万提斯的《训诫小说集》的前六部,与维塔尔·德奥丁吉尔合译了后六部。他还译了《贝雪莱斯和西吉斯蒙达历险记》和《堂吉诃德》下卷。
② 圣马丁(Filleau de Saint-Martin):法国翻译家,译有塞万提斯的《训诫小说集》(1744)。
③ 弗洛利安(Jean-Pierre Claris de Florian,1755—1794):法国小说家。
④ 斯卡龙(Scarron, Paul,1610—1660):法国诗人、小说家、剧作家。代表作《滑稽小说》(1651—1657)通过一群流浪演员的冒险经历,描绘了一幅 17 世纪法国外省生活的风俗画。

体力行，对法国文学创作产生了很大的影响。塞万提斯的崇拜者、法国作家圣埃维蒙德①把《堂吉诃德》与意大利诗人塔索②的《阿明塔》和孟德斯鸠③的散文集相提并论。

《堂吉诃德》上下两卷出版后虽然获得了成功，并被译成多种文字，然而在那个时代人们并未看到这部作品所具有的魅力，也没有发现它会对现代小说的发展作出什么样的贡献。在塞万提斯去世几十年后的18世纪，欧洲小说不仅没能走向辉煌，反而跌入了低谷。而西班牙小说在18世纪的命运就更加不幸了。当然，18世纪是文学的古典主义时期，崇尚亚里士多德和贺拉斯的文艺理论，而在古典文论家的那个时代，还没有小说这个体裁的作品，这就是18世纪小说不景气的部分原因。但在欧洲也有例外，英国的小说在这一时期得到了特别的发展，亨利·菲尔丁是一位对欧洲小说的发展有较大影响的作家，从他的小说《模仿塞万提斯的方式写的约瑟·安德鲁斯和他的朋友阿伯拉罕·亚当斯历险记》（1742）的书名就能看到塞万提斯的小说对他和他以后的小说的影响。

在19世纪，小说的重新崛起与反古典主义的思想意识和美学主张有关，这就是浪漫主义的新潮。歌德虽然主要是18世纪的作家，但他对浪漫主义的兴起无疑起到了推波助澜的作用。歌德在与温克

---

① 圣埃维蒙德（Saint Evremond，1610—1703）：法国讽刺作家。
② 塔索（Torquato Tasso，1544—1595）：意大利诗人，代表作为《被解放的耶路撒冷》。
③ 孟德斯鸠（Montesquieu, Charles Louis de Secondat，1689—1755），法国启蒙思想家、法学家。

曼[①]的信件中表达了他对塞万提斯作品的钟爱,他经过长时间的创作,发表了小说《威廉·麦斯特的学习年代》,这是他吸取了《堂吉诃德》的许多特点写成的。德国作家弗里德里希·冯·施莱格尔高度评价歌德对德国浪漫主义所起的重要作用,他认为在现代社会中,歌德的《威廉·麦斯特的学习年代》可以看成是与法国革命一样重大的历史事件。

然而,到了19世纪,才有更多的作家开始认识到《堂吉诃德》对小说创作所起的重要作用,他们把这部小说当作最有价值的样本,但他们并不是从小说的内容或作品的个性中去寻求灵感,而是吸取了《堂吉诃德》中的讥嘲戏谑性的风格,并尽力去创新。英国作家狄更斯的《匹克威克外传》就是最好的例证。两部小说讲述的都是主仆二人的故事,堂吉诃德和匹克威克都为了维护正义和真理而奋斗,最后又都放弃了自己的生活方式,回到了家乡。仆人也都对主人忠心耿耿,全力协助主人的正义事业。

除了英国作家对《堂吉诃德》表现出巨大的热情外,法国、俄国、美国的一些具有影响力的作家也对塞万提斯的作品倍加重视。我们从福楼拜的《包法利夫人》、陀思妥耶夫斯基的《白痴》、马克·吐温的《汤姆·索耶历险记》等作品中,都可以看到这些作品与《堂吉诃德》紧密相关。

---

① 温克曼(Winckelmann,1717—1768):德国著名考古学家、艺术史家。

从情节和结构来看，《包法利夫人》与《堂吉诃德》没有任何联系，但只要对女主人公一生的变化进行一番分析，就不难发现包法利夫人的"堂吉诃德情结"，也就是说堂吉诃德的变态是由于读骑士小说读得着了迷引起的，而包法利夫人则是看浪漫主义小说看得入了迷，在生活中追求书上阐述的理想。堂吉诃德的悲剧就在于他始终无望地要将文学强加于生活，包法利夫人的悲剧也在于此。当她想方设法将在浪漫主义小说中阅读到的浪漫情怀带到现实生活里去的时候，她的失败就已经注定了。当她与包法利先生结婚的时候，她以为她盼到了爱情，盼到了天堂，正如拜伦所说，"爱情是天堂，天堂就是爱情"[1]。然而，与她的愿望相反，在丈夫那乡村医生简单而平常的生活中她感到失望。于是，她像堂吉诃德一样出外寻找巨人，然而碰到的却是风车。但她并不气馁，在她遇到莱昂时，她以为文学中的理想就会变成现实。莱昂发现他不能得到她，便抛弃了她。当她遇到鲁道尔夫时，又一见钟情，投入他的怀抱。这时，似乎浪漫主义虚构的故事又战胜了生活的现实。最后，美好的幻境消失，包法利夫人选择了自杀。福楼拜在他的书信集中曾谈到他的女主人公像是一个穿裙子的堂吉诃德。他说："我在读《堂吉诃德》的时候，就找到了我的创作源头。"[2]

---

[1] 转引自《堂吉诃德在瓜纳华托》第十卷，墨西哥瓜纳华托州政府图书出版社，1999年，第341页。
[2] 同上。

讲到《堂吉诃德》对俄国文学的影响，就不能不提到屠格涅夫的著名文章《哈姆雷特和堂吉诃德》以及屠格涅夫小说《前夜》《父与子》中的主人公们。而更引人注目的俄国作家则是陀思妥耶夫斯基。他是一个比堂吉诃德更加堂吉诃德化的人。他在发表了《白痴》十年以后，出了一本名为《一个作家的日记》的杂志，每月出一期，杂志上的所有文章都由他撰写，这是他阐述自己思想和看法的极好方式。在这本杂志上他曾这样写道："再也找不到一部比《堂吉诃德》更深刻更有力的作品了，它是迄今为止人类智慧的最伟大的代表，是人们所能表达出的最苦涩的讥刺。在一个人生命要结束的时候，有人会问他，你懂得了你的生活吗？你会如何终此一生？这个人会默默地递给他一本《堂吉诃德》。这就是我对生活的总结，你会因此而批评我吗？我并不坚持认为这个人完全正确，然而……"[1]

一位能写出以上这些话的作家，《堂吉诃德》对他的影响是不可能不在他的文学作品中反映出来的。在陀思妥耶夫斯基的《白痴》中，主人公梅思金公爵与堂吉诃德的相像之处不言自明。正如作者所说，他要把"白痴"塑造成一个善人。如果19世纪的功利主义者把梅思金看作是白痴的话，那么从人文主义、堂吉诃德的角度出发，梅思金就是一个和堂吉诃德一样的好人、善人。

---

[1] 转引自《堂吉诃德在瓜纳华托》第十卷，墨西哥瓜纳华托州政府图书出版社，1999年，第342页。

在美国，马克·吐温于1876年和1884年分别发表了《汤姆·索耶历险记》和《哈克贝里·芬历险记》。这两部小说受到《堂吉诃德》的影响是毋庸置疑的。且不去说在《汤姆·索耶历险记》的第八章中汤姆·索耶模仿文学中的动作去行动，就像堂吉诃德在黑山模仿骑士小说《阿马狄斯·德·拉·高乌拉》中的主人公的样子去修炼一样，也不用说在第二十三章汤姆·索耶是如何像堂吉诃德那样无所畏惧地为了维护正义而将生死置之度外，只须看看《哈克贝里·芬历险记》第三章中哈克的一段话便可对马克·吐温创作这两部作品的初衷一目了然了。哈克贝里与汤姆，以及其他朋友一起布下了一个陷阱，想从西班牙商人和富有的阿拉伯人手中夺下珠宝和其他财宝，但他们抢到的仅仅是几个面包圈和点心。在发觉自己受骗后，哈克贝里抱怨道："我并没有看见什么钻石，我就对汤姆·索耶这样说了。可是他说那里一驮一驮的有的是；还有阿拉伯人大象等等。我就问他：那么为什么我们看不见？他说我假如不是那么不懂事，假如我看过那本《堂吉诃德》的话，那么不用问就会知道是怎么回事。"[1]在整部小说中我们都可以看到汤姆·索耶处处在模仿堂吉诃德。

马克·吐温在他的另一部名著《密西西比河上》中就讲明了他

---

[1] 《哈克贝里·芬历险记》，上海译文出版社，马克·吐温著，张万里译，1984年，第17页。

对《堂吉诃德》的看法:"有时候一本书有力量做许多好事,有时候一本书有力量做许多坏事,这一古怪的事例,可以由《堂吉诃德》和《艾凡赫》这两本书的效果证明出来,前者把世人对愚蠢的中古时代骑士作风的欣赏,一扫而光;后者又使那一切东西,恢复旧观。"[1]马克·吐温从塞万提斯的作品中得到启示进行创作已为文学界所公认。

上面谈到的几位作家和他们的作品,仅仅是《堂吉诃德》对世界文学的影响的几个例子,《堂吉诃德》对浪漫主义和现实主义作家及其作品的影响是不能低估的,因为这部作品激发了这些作家的创作灵感,开拓了他们文学创作的视野。

《堂吉诃德》对拉丁美洲文学的影响

20世纪60年代,拉丁美洲魔幻现实主义的兴起给世界文坛注入了活力。时至今日,魔幻现实主义的作品仍保持着强劲的生命力。人们都在饶有兴味地谈论它,欣赏它。这一文学现象引起了文坛的普遍关注,也引起人们对这一潮流的追根溯源。

智利当代著名作家豪尔赫·埃德华兹[2]对此曾有过一番别开生

---

[1] 《哈克贝里·芬历险记》,上海译文出版社,马克·吐温著,张万里译,1984年,第16页。
[2] 豪尔赫·埃德华兹(Jorge Edwards,1931—):智利作家,1999年获得塞万提斯文学奖。

面的论述，他认为拉美文学的繁荣与西班牙文学泰斗塞万提斯在文学创作中所作出的杰出贡献是分不开的。塞万提斯的影响部分是通过欧美近代著名作家，如卡夫卡、福楼拜、福克纳等，传给了拉美当代作家，部分则是拉美当代作家自身有意识的继承与发扬。

其实，塞万提斯对现当代作家的影响并不是近几十年的事情，也不是20世纪的事情。塞万提斯自创作了《堂吉诃德》之后便在文坛赢得了声誉，尽管各个时代的理解并不一样。从人们把它当作骑士小说笑着读它，到浪漫主义时期人们把它当作为了理想与现实作斗争的最高象征，人们在阅读中不断发现这部作品的丰富的内涵，甚至每次阅读都会有新的感受与启示。到了现当代，批评家们不仅把它看作现代小说的开始，而且还认为它是小说史上难以超越的榜样。小说中的现代性被不断地发掘出来。18世纪以来许多卓有见识的文学家们都从这部作品中吸取了现代小说所特有的具有无限可能性的各种成分，为现当代小说的蓬勃发展开拓出了更广阔的前景。海涅曾说，他每五年要读一次《堂吉诃德》，每次的印象都不相同。福克纳也曾说，他每年要重读一次《堂吉诃德》。他在去世前给他的儿子和侄子们大声朗读的最后一本书是《堂吉诃德》。而托尔斯泰、狄更斯、福楼拜和福克纳等知名作家创作出的作品，给予当代拉美作家以很大影响。

自拉丁美洲文学在20世纪60年代以"爆炸"的态势引起世界文坛瞩目后，许多评论家对魔幻现实主义的作品追根溯源，认为这些受到读者广泛欢迎的作品是对塞万提斯及《堂吉诃德》的回归，因为在塞万提斯的作品中存在许多神奇魔幻的成分,具有魔幻现实主义的特点。塞万提斯采用了多种多样的手法。首先,他在堂吉诃德和桑丘出游的过程中插入了浪漫的故事,如玛尔塞拉的爱情故事。这样,表面的客观现实和奇妙现实之间相互转化,令读者分不清两者的界限。他还用人物的不同绰号,如堂吉诃德的"哭丧脸的骑士"和"狮子骑士",卡拉斯科的"镜子骑士"和"白月骑士",表现出人物秉性的不同侧面、不同性格特征和他们所处的不同境况。塞万提斯不仅用不同的叙述者的方式展现了事物的不确定性,使读者接受他展示出的各种可能,而且还借用主仆二人对事物的不同看法,将现实的多种可能呈现在读者面前,如风车—巨人,羊群—军队,脸盆—头盔等。这样,塞万提斯将读者引入了一个有多种前景的世界,让他们参与游戏。一旦他们置身其中,便会产生新的看法,这些混合在读者头脑里的奇思异想会促使他们提出自己对世界的看法。作者的这种文字游戏也存在于魔幻现实主义的作品中。

这种在文学上把神奇的现实当作人生游戏的创作态度可以在许多拉美作家的作品中看到,在五彩缤纷的拉美文学世界中蕴含着许多与西班牙文学息息相关的传统精神。我们且不说博尔赫斯的神秘的分叉小径中迷宫式的时间,鲁尔福[①]的阴曹地府里栩栩如生的农村众生,奥内蒂[②]的令人恍惚的时空观和复杂的心理描写,巴尔加

[①] 鲁尔福(Juan Rulfo,1918—1986),墨西哥著名作家。
[②] 奥内蒂(Juan Carlos Onetti,1909—1994),乌拉圭著名作家。

斯·略萨的"教堂"中前后跳跃的对话，富恩特斯[1]充满了痛苦和欢乐的"最明净的地区"，也不用分析多诺索[2]的那位自以为换上了鬼怪器官、神情颓丧的翁伯特，卡彭铁尔[3]的加勒比地区巴洛克式的异彩纷呈的传说，巴斯托斯[4]那超越时空、集善恶于一身的独裁者，阿尔特[5]的穷困潦倒的七个疯子，科塔萨尔[6]的结构奇特、有数种阅读方法的"掷钱游戏"，我们只需将哥伦比亚著名作家加西亚·马尔克斯的《百年孤独》与《堂吉诃德》作一简单比较，就可以看到它们之间存在的许多有机联系。

在《堂吉诃德》中，塞万提斯成功地运用了一对对既相互对立又相互关联的矛盾，如：真实与想象、智慧与愚蠢、崇高与荒唐、勇敢与怯懦、诚实与虚伪、现实与虚幻、理性与疯癫等。他巧妙地把这些矛盾的两重性贯穿到内容与形式、人物的性格与境遇、小说的气氛与叙述者的表露中去，这就大大增加了小说的魅力。如现实与虚幻这对矛盾，塞万提斯把16世纪末西班牙的现实通过七百个左右的人物形象和他们之间的相互关系揭示出来：贵族豪门横行霸道，贫苦农民饥寒交迫，强盛一时的西班牙帝国没落衰败。与现实

---

[1] 富恩特斯（Carlos Fuentes，1928—2012），墨西哥著名作家。
[2] 多诺索（José Donoso，1924—1996），智利著名作家。
[3] 卡彭铁尔（Alejo Carpentier，1904—1980），古巴著名作家。
[4] 巴斯托斯（Roa Bastos，1917—2005），巴拉圭著名作家。
[5] 阿尔特（Roberto Arlt，1900—1942），阿根廷著名作家。
[6] 科塔萨尔（Julio Cortázar，1914—1984），阿根廷著名作家。

水乳交融的是那位鼎鼎大名的游侠骑士堂吉诃德先生的奇情妙想，那些出现在他眼前的幻影、幻觉：风车犹如巨人，羊群成了军队，城堡好比监狱。在小说中，现实与虚幻交织在一起，给人以扑朔迷离的感觉。特别是堂吉诃德在蒙特斯诺斯洞中之游，是那么恍惚神奇，似真非真，似假非假。这种真实之中的非真实性、虚幻之中的现实性，在《百年孤独》中也是屡见不鲜的。

马尔克斯以想象中的马孔多镇为舞台，以布恩迪亚家族为主角，揭示了哥伦比亚，乃至整个拉丁美洲的现实：老殖民主义者的掠夺、美帝国主义及其代理人的残暴统治、香蕉园警察的倒行逆施、哥伦比亚的连年内战、人民大众的愚昧无知和逐渐觉醒等。与冷酷无情的现实形成鲜明对照的是一幅幅神奇魔幻的风俗画，以及一系列深不可测的人物的生与死、斗争与爱情。阿乌雷利亚诺上校是作者着力刻画的人物，他是拉美动荡不安的政治生活中的叛逆者，是人民反美意志的代表。但他的出生、幼年，以至于围绕着他的整个生活，都充满了荒诞离奇的魔幻成分：他在娘肚子里的啼哭声惊醒了睡在旁边的父亲；他自幼便料事如神，从桌上的锅神奇地落地，到十七个儿子的同时死亡，都在他神奇的预料之中。

此外，贯穿全书的吉卜赛人墨尔基阿德斯的生与死也是若隐若现，似幽灵，似幻觉，又恍如有血有肉的活人。这种在对立因素之间层次丰富的特色在《堂吉诃德》和《百年孤独》中都运用得很多，其基本手法也十分相似。堂吉诃德的疯与不疯和布恩迪亚的死与不死都是明显的例子。一提及骑士小说，堂吉诃德便疯言疯语、神魂颠倒，但在平时却颇有头脑，常常道出作者的理性主张。即使在他的疯病发作的时候，也往往有几分清醒，似疯非疯。自己说自己在发疯，还指责别人发疯，以至于到最后堂吉诃德从疯病中苏醒过来，而桑丘却受到了"传染"。这疯与不疯，以及疯病的转换，在堂吉诃德身上，在主仆二人的相互关系上层见叠出，是耐人寻味的。

在《百年孤独》中，生与死，既是作者要表述的一个主题，也是为表达主题思想而采用的一个手法。生死不可捉摸，被一种无形的魔幻力量操纵着。布恩迪亚的死亡就是这样。在他与表妹乌尔苏拉结婚后，由于担心近亲联姻所生之子将是长有猪尾巴的低能儿，乌尔苏拉一直拒绝与丈夫同房。慢慢地，说布恩迪亚不是男子汉的流言便在村子里不胫而走。在大男子主义盛行的拉丁美洲，这种流言是最尖刻的咒语。一个星期日，在斗鸡场上，当布恩迪亚驯养的鸡斗败了布鲁邓西奥的鸡时，后者恼火地当众挖苦布恩迪亚的无能。布恩迪亚当即回家取了长矛，刺穿了布鲁邓西奥的咽喉。布鲁邓西奥的死为布恩迪亚的死亡埋下了伏笔。若干年后，布恩迪亚在摆弄会跳舞的座钟时，开始不吃不睡，生活在想象之中。这是生与死之间的第一层次。一天清晨，布恩迪亚忽然发现一个白发苍苍的老人步履蹒跚地走进他的起居室，原来他就是布鲁邓西奥。两人一直谈到天明，布鲁邓西奥才悄然离去。布恩迪亚从此被抽去了灵魂，随意打砸家具，成了疯子，最后被人强绑在欧栗树上，他好像是死了，疯了，但却能吃能喝。这是生与死的又一层次。当儿媳妇雷梅迪奥在婚礼上切了一块蛋糕给"公公"时，他颇有兴致地品尝着。在神父用说教欺骗村民时,布恩迪亚揭露了他,并试图解除神父的信仰。当神父问他为什么被捆在树上时,他说,因为他疯了。这种疯人说自己发疯的描写,与堂吉诃德的似疯非疯十分相似。所不同的是,布恩迪亚的疯是生与死之间的一个令人恍惚的层次,而堂吉诃德的疯却是与理性遥相呼应的。布恩迪亚最后是在迷宫中漫游,在死人的迷宫中找到了自己的归宿。这实际上是布恩迪亚家族的归宿,也是一百年的孤独所包含的寓意。

在这生死幻境之中,我们可以隐约看到《百年孤独》在艺术手法的运用上,与《堂吉诃德》有着某种潜在的联系。同时,在这两本书层次重叠的神秘之中,作者想要表达的思想是十分复杂、含蓄的。这种促使读者去反复阅读、品味的神秘之处,正是这两部作品获得成功的原因所在,也正是这两部作品的生命力所在。

在有关书的叙述者、译者、作者的关系上,《百年孤独》与《堂吉诃德》又有异曲同工之处。在《百年孤独》的最后几章,小阿乌雷利亚诺夜以继日地阅读、研究吉卜赛人墨尔基阿德斯留下的手稿,这是用梵文写成的。经过几年的学习,在布恩迪亚家族毁灭前夕,他终于破译了手稿的全部内容。这就是墨尔基阿德斯在一百年前写的、包括所有细节的布恩迪亚家族史,也就是《百年孤独》这本书。而在《堂吉诃德》上卷的前几章中,叙述者在市场上偶然见到一本用阿拉伯文写成的小说,并用重金聘人译成了西班牙语,而这就是《堂吉诃德》。在下卷中,叙述者又假堂吉诃德之口评论《堂吉诃德》上卷,评论作者在上卷中对他们的描写。两部作品采用的都是书中有书这种结构：一个是书中人物写书，另一个则是书中人物评书。这种使叙述者、书中人物和读者之间的界限变得模糊的手法，能让读者身临其境地去体验文学创作的现实。

以上几个例子足以让人们看到《百年孤独》与《堂吉诃德》的内在联系，也可以看到《堂吉诃德》深远的影响力。

现在，在世界的许多地方每年都召开专门研究塞万提斯及其作品的国际学术研讨会，不仅塞学学者参与研讨，而且作家们也参加会议，用自己的创作实践揭示塞万提斯作品的魅力。于1976年设立的塞万提斯文学奖是西班牙语文学界的最高奖项，获得此项文学奖的作家每年在颁奖仪式上的讲话可以看作塞万提斯创作精神的再现，由此也可看到塞万提斯的作品在西班牙语世界的巨大影响力。

《训诫小说集》：
浪漫主义与现实主义的有机结合

  《训诫小说集》是塞万提斯创作的仅次于《堂吉诃德》的一部力作，是在《堂吉诃德》上下两卷出版之间发表的。《堂吉诃德》上卷的成功使得塞万提斯名声大震，他在1613年发表《训诫小说集》时没有遇到任何困难，塞万提斯本人对这部中短篇小说集也很满意："我是第一个用西班牙语写小说的人。现在印出来的许多西班牙语小说都是从外语翻译过来的，而这些作品却是我自己创作的，既非模仿，也非剽窃。我的才智孕育出这些小说，我的生花妙笔写下了这些作品，而经验与高尚的素养帮助这些作品成长。"[①]虽然薄伽丘的《十日谈》对他有很大影响，但这本小说集无论是在内容上，还是在形式上，都具有鲜明的个性，它既没有像西班牙第一位小说家堂胡安·马努埃尔的小说集《鲁卡诺尔伯爵》那样，以流传在民间的传说故事为题材，也没有完全模仿当时流行的意大利的短篇小说模式。塞万提斯是一位清醒的作家，他深知自己创作的独特性、开创性和他对文学创作所作的贡献。尽管他把这些小说取名为"训诫小说"，但这些小说并不具有那个时代的文学作品所起的神的训

[①]《塞万提斯全集》，第五卷，人民文学出版社，1996年，第5页。

诚的作用，而是具有更广泛的文学娱乐作用。塞万提斯在前言中开宗明义地指出了这一点。他写道："人不是总在神殿里，不是总守着教堂，不是总在从事崇高的事业。人也要有娱乐的时间，使忧愁的心情得到安宁。"①

这部小说集发表于1613年，但其中几篇的写作时间是在《堂吉诃德》上卷发表的1605年之前，因为在《堂吉诃德》上卷中提到了《林科内达和科达迪略》，而在弗朗西斯科·德·拉·卡马拉②于1605年收集的手抄本作品集中就有《林科内达和科达迪略》和《嫉妒的厄斯特雷马杜拉人》，另外还有一篇被认为是塞万提斯所作的佚名之作《伪装的姨妈》。

对于小说集的书名"训诫"，尽管作者在前言中坦言，读者可从中得到教益，但评论界历来众说纷纭。有的认为是作者为了躲过书刊检查官的检查施用的计谋；有的认为这是作者真诚的表现；还有的认为，这是塞万提斯惯于使用的文字游戏。其实，尽管作者将这些小说称为"训诫"小说，但他的这些小说并没有多少"训诫"的含义，因为这些作品题材广泛，场景复杂，反映了人们所面对的现实和他们对现实采取的不同态度。也就是说，小说并没有向人们提供必须遵循的行为模式，它不是说教劝世之作，而是具有较浓的

---

① 《塞万提斯全集》，第五卷，人民文学出版社，1996年，第5页。
② 弗朗西斯科·德·拉·卡马拉（Francisco de la Cámara，1560—1616）：塞维利亚教堂的受俸教士，为了给塞维利亚主教消遣，收集了几则手抄本的小说。这个集子于1788年被批评界发现。

■ 训诫小说集原版标题页

文学性和开放性的作品。这正是塞万提斯文学创作艺术的特点。

这部小说集共有十二篇中短篇小说，它们是作者丰富的想象力和创造力的延伸，具有鲜明的塞万提斯的风格。如果说《堂吉诃德》开创了欧洲现代小说的先河，那么，《训诫小说集》则是继薄伽丘的《十日谈》之后给予西方文坛影响最深的短篇小说集。特别是到了现当代，人们从这部小说集中发现了新的超越时空的魅力，因此给予它新的更高的评价。

《训诫小说集》中的十二篇小说按照风格大致可分为两大类：一类为理想主义的作品，也可称为浪漫主义风格的作品，共七篇，它们与当时流行的意大利小说风格相近。这些作品以当时脍炙人口的王宫贵族、才子佳人的爱情故事为题材，注重情节的描述，内容轻松活泼，格调高雅。它们分别是历经千难万险、有情人终成眷属的《英格兰的西班牙姑娘》；一见钟情的痴情郎终于如愿以偿的《尊贵的洗碗女工》；情节曲折、犹如一出袍剑喜剧的《科尔纳利娅小姐》；丧失了名节的女子如何维护名誉的《血统的力量》；女扮男装、情节跌宕起伏的《两个少女》；闪烁着人文主义思想光辉的《慷慨的情人》和重情义、重诗文、清新幽默的《吉卜赛女郎》。这类作品在发表时便深受读者的喜爱，获得了成功。第二类为现实主义的作品，一般以日常生活和社会现实为题材，语言辛辣，含义深邃，富有寓意。这类作品对欧洲现当代的小说的影响颇大，更具生命力。它们分别是揭示下层流浪汉生活的《林科内达和科达迪略》，描写失去理智的人头脑更聪明、见解更深邃的《玻璃硕士》，叙述老夫少妻、命途多舛的《嫉妒的厄斯特雷马杜拉人》，反映骗人者反被人骗的《骗婚记》和荒诞不经却充满寓意的《狗的对话》。

　　从一定意义上讲，这两类小说构成了一个有机的整体，充分展现出塞万提斯中短篇小说创作的广度与深度，反映了作者的美好理想与严峻的社会现实之间的冲突。吉卜赛姑娘憧憬的美好理想与权贵们横行霸道、穷奢极欲的社会现实，才子佳人的美好姻缘与粗俗狡黠的流浪汉的凄苦生活，英俊倜傥的贵族青年与见弃于社会的玻璃硕士，心地善良、行为高尚的基督徒与心胸狭窄、为人狡诈的土耳其人……这一幅幅对比强烈的画面正是西班牙巴洛克艺术风格的集中体现，也是塞万提斯的小说至今仍不断放射出光辉的巨大生命力之所在。

浪漫的爱情，美好的理想

　　《训诫小说集》的第一篇是脍炙人口的《吉卜赛女郎》。塞万提斯把这篇短篇小说放在集子的首篇不是偶然的。首先，这类小说在发表时就是深受读者喜爱的作品。作者深知这一故事的魅力，因为讲述吉卜赛人浪迹四方、能歌善舞的传奇故事流传甚广，以流浪偷盗为生的吉卜赛人遍及欧洲各地。对他们的生活，许多作家都有描述，而像塞万提斯这样将吉卜赛人的故事写得如此富有诗情画意，在那时却是不多见的。这部中篇小说是这一个集子中再版次数最多，翻译成别国语言最多，对其他作品的影响最大的一部。

　　《吉卜赛女郎》讲的是吉卜赛女郎普雷西奥莎与贵族青年的爱

情故事。青年骑士为了追求普雷西奥莎，化名安德雷斯加入了吉卜赛人的生活，在经历了种种坎坷之事、发现了姑娘的贵族身份后，有情人终成眷属。

在这部作品中，塞万提斯通过人物之口抒发了他对生活、对诗歌、对文学的看法。普雷西奥莎充满睿智的话语，揭示了生活中的最普通的道理，以及他们所处的社会的社会现实。比如，女孩子在社会上如何进行自我保护："倘若一个女人决心洁身自爱，那么一个军团的士兵也伤害不了她。"[①]"贞操是朵鲜花，不能让它受到伤害，哪怕是意念上的损害。""您要知道，我永远需要自由，需要无拘无束，我不允许任何嫉妒之意束缚或限制我的自由。""一个人有了醋意，永远也不可能清醒地看出事物的本来面目。爱吃醋的人总是带着放大镜观察一切：把小事看成大事，把侏儒看成巨人，把猜疑变为现实。""人们常利用自己的职权谋取钱财，再用这些钱财获得对他们工作的好评，并以此谋取更高的职位。"

对于诗歌，一位书童这样说："诗歌犹如一块无比珍贵的宝石，它的主人不应把它携带在身边，随时随地向所有的人显示，而应当选一合适的场合将它展示出来。诗歌就像一位纯洁无瑕、聪颖善思、目光敏锐、含蓄温柔的美丽的姑娘，她具有极其高雅的气质，是孤

---

① 《塞万提斯训诫小说集》，重庆出版社，陈凯先、屠孟超译，1992年，第12页。若无其他特别说明，本小节引用内容均出自于此书。

寂者的伴侣。""金钱固然重要,但它比谣曲更容易消失。""只有少数的人才真正配得上诗人这个称号。"普雷西奥莎对诗人是这样看的:"我以为所有的诗人都很贫穷,……人们说,诗人都不善于理财,也不会挣钱。""诗歌充满了心灵的呼唤。"

  以上这些睿智的话语,充分展示了塞万提斯美好的思想情操和他对文学诗歌所怀有的理想主义。在这部小说中,对美的追求是显而易见的,即使是描写人性的阴暗面,描写偷盗、欺骗等事情,氛围也是轻快的。在塞万提斯的那个时代,吉卜赛人是被社会歧视的阶层,由于他们的不道德、偷窃,常常被迫害,并遭受法律的制裁。在这部小说中,普雷西奥莎能歌善舞,不卑不亢、鲜明欢乐的个性成了吉卜赛姑娘的典型形象。普雷西奥莎说:"世上没有笨拙的吉卜赛男子,也没有愚蠢的吉卜赛女人。他们为了维持生计,必须有锐利的目光,还要遇事机敏,能欺则欺,能骗则骗,决不能使自己成为笨头笨脑的人,更不允许任何形式的怠惰与懒散。"小说中对普雷西奥莎的描写也到了尽善尽美的地步,即使是对她脸上的疤痕,也赞不绝口:"啊,这个小疤多好看!不知有多少双男人的眼睛会被它迷住呢。""我认为这不叫疤痕,这是埋葬淫荡之徒的坟墓。"尽管从严格意义上讲,普雷西奥莎并不是吉卜赛人,但她的所作所为已完全代表了吉卜赛社团典型的习俗,而在社团内吉卜赛人除了偷盗欺骗外,还有精彩纷呈的生活,让人回味无穷。特别是贵族青年隐瞒身份进行吉卜赛人行列的洗礼前后展现出的吉卜赛人的习俗,给了不了解吉卜赛人生活的人们以耳目一新的感觉。当代墨西哥影片《叶塞尼娅》就是以塞万提斯的这个故事为蓝本改编而成的，流传甚广，它将吉卜赛人的生活传奇化了，让人们在丰富的想象中去体验吉卜赛人这个几乎已消失的群体的浪漫生活。

《慷慨的情人》是一个十分高雅浪漫的爱情故事。这篇小说采用了16世纪后半叶流行的拜占庭式的小说风格。小说根据贺拉斯在《诗艺》中讲述荷马将读者带到故事发展的中间的方法，从一开始就把读者带到展开的故事中间。被摩尔人俘获的贵族青年里卡尔多在塞浦路斯的断壁残垣前哀叹自己不幸的遭遇。他在家乡曾爱上了莱奥尼莎，但这姑娘却爱上了有钱的纨绔子弟科尔内尼奥。一天，土耳其海盗洗劫了他们的家乡。里卡尔多和莱奥尼莎都被劫走。经过曲折的经历，里卡尔多被带到了塞浦路斯，他的主人是新的总督哈桑。当莱奥尼莎被带到即将离任的总督阿里、哈桑和法官卡迪面前时，三个人都被她的美貌吸引了。为了得到她，他们都借口说将她买下是为了献给苏丹。为了在半路上将莱奥尼莎带走，卡迪以安全为借口亲自乘船把她送去。另外两个人则心怀鬼胎，设下计谋，力图在半路上将她抢到手。在海上，三方人马为了得到姑娘，相互残杀，土耳其人几乎都被相互打死了。这样，在船上当奴隶的基督徒夺取了船只，驶往他们无限思念的家乡。回到家乡后，里卡尔多慷慨地把莱奥尼莎交还给科尔内尼奥。但莱奥尼莎亲身体会了里卡尔多为她所做的一切，被里卡尔多对她的真诚的爱所打动，也真心地爱上了他。小说的最后几段对话充分表现了塞万提斯的人文精神。里卡尔多先是表示把莱奥尼莎和自己的一半财产交给科尔内尼奥，表现出那个时代常见的绅士风度，但思考片刻后又发表了这样的谈话："其实，任何人都不能擅自替别人作主，我有什么权利将莱奥尼莎交给另外一个男人？我又怎么能将远非属于我的人奉献给别人？莱奥尼莎是属于她自己的，完完全全地是她自己的。"

小说对土耳其海盗与海战的描写具有很强的自传色彩，使读者很容易联想到塞万提斯被海盗劫持，沦为奴隶的经历。"在意想不到的道路上，我不知还要经受多少次生死的磨难。"这句话可以看作是塞万提斯在当年的逆境中发自内心的感叹。

《英格兰的西班牙姑娘》和《吉卜赛女郎》一样是一曲爱情的赞歌。它的情节跌宕起伏，富有悬念。塞万提斯以发生在1596年英国对加的斯城的洗劫为线索，讲述了一个动人的爱情故事。英国舰队司令从西班牙加的斯城劫掳了一个七岁小姑娘伊萨贝尔，将她带回伦敦，与信奉天主教的妻子和儿子里卡雷多生活在一起。里卡雷多的父母早已为儿子定下了婚事，女方是一位富有的苏格兰姑娘。然而随着伊萨贝尔出落成亭亭玉立的大姑娘，里卡雷多爱上了她。但因担心父母反对，里卡雷多郁郁寡欢，一病不起。他的父母了解了他的病因后，表示理解他的感情，并同意了他们的婚事。恰在这时，英国女王伊丽莎白一世听说了伊萨贝尔的聪颖美貌，决定招她进宫。里卡雷多的父母向女王表达了儿子要娶伊萨贝尔的意愿，女王答应了婚事，但要求里卡雷多率队围剿海盗，以示对女王的忠诚。里卡雷多在西班牙海域打败了土耳其海盗，解救了船上的一对西班牙夫妇。他们恰恰就是伊萨贝尔的父母。里卡雷多将船上的财宝献给了女王，伊萨贝尔和父母也得以相认团聚。就在伊萨贝尔和里卡雷多即将结婚之际，女王的女官的儿子疯狂地爱上了伊萨贝尔。为了得到伊萨贝尔，他找里卡雷多决斗，女王闻讯后将他监禁。女官为了报复，给伊萨贝尔下了毒，她被救活后，变得丑陋不堪。尽管如此，里卡雷多仍然爱着伊萨贝尔。然而，在这种情况下，里卡雷多的父母却决定让儿子娶那位苏格兰姑娘为妻，并把伊萨贝尔一家送回西班牙。分别前，这对恋人暗自商定，两年后里卡雷多去西班牙与姑娘结婚。里卡雷多在伊萨贝尔离开英国后就去了法国。时间很快过去，里卡雷多却毫无音信。一天，伊萨贝尔收到里卡雷多的母亲的信，告诉她里卡雷多在法国被人杀死了，因为里卡雷多的仆人在有人追杀里卡雷多时逃了回去，向自己报了信。两年的时间到了，伊萨贝尔决定进修道院当修女。正在这时，里卡雷多历经千辛万苦赶到西班牙。最后，两个人终于喜结连理。

这是一出典型的完美的爱情故事，这对恋人经过无数次考验终于结合在一起。在这部作品中还有许多作者的自传成分：激烈的海战、囚徒的生活等。此外，作者以一种宽容的态度对待英西两国之间因不同宗教信仰产生的激烈冲突，如伊丽莎白一世对天主教姑娘及其家人的包容，在当时那个英西交恶的时代，足可以使读者看到塞万提斯那超越民族和宗教的美好的理想主义。

《血统的力量》是以一起损害名誉和贞操的强奸案为开始，以"完美"的婚姻为结束的故事。尽管小说的情节照现代人看来是荒诞不经的，但在当时却是比较流行的保持名节、维护名誉的方式。

在西班牙文学的黄金世纪时期,许多脍炙人口的作品,如维加和卡尔德隆等著名作家的剧作,一方都是以婚姻的方式来弥补曾给对方带来的屈辱。小说的故事是这样的:一天晚上,少女莱奥卡迪娅和父母在回家路上,遇到贵族青年罗多尔福和他的朋友。罗多尔福被莱奥卡迪娅的美貌吸引,在朋友的协助下,将她抢回家,并强奸了她。为了不让人发现,罗多尔福悄悄地放了她。她离开前,环顾整个房间,并拿走了桌上的一尊圣像,以作屈辱的见证。几天后,罗多尔福去了意大利,莱奥卡迪娅不幸怀孕,躲到外地生下一个儿子。当孩子七岁时,被带回家中,当作亲戚抚养。在当地举行的一次庆典活动中,孩子被马意外撞倒,一位老年绅士在血统的力量的驱使下将他抱起,把他看成是自己的孩子,带回家中精心医治。这位老者就是罗多尔福的父亲。莱奥卡迪娅在探望孩子时发觉这所房子就是使她受辱的地方。她拿出圣像交给罗多尔福的母亲,并讲述了过去发生的一切。这样,罗多尔福的父母把罗多尔福从意大利找回,让他偶遇莱奥卡迪娅。在考验了罗多尔福对她的爱慕是真心的后,双方的父母为他们举办了婚宴。这个故事着重强调了名誉贞操的重要。书中对罗多尔福侮辱莱奥卡迪娅的细节描写没有像薄伽丘的作品那样具体,更没有现代作家那样肆无忌惮。对于罗多尔福的强暴,作者用简短的几句话讲述了整个过程:"罗多尔福乘莱奥卡迪娅尚未苏醒过来便满足了他的欲望。……丧心病狂地夺去了莱奥卡迪娅最珍贵的东西。"而对于姑娘如何面对自己的不幸,作者却用较长的篇幅表述了莱奥卡迪娅对自己的贞操名节宁为玉碎,不为瓦全的坚定信念。小说最后的结局也是当时挽回名节的最好方式。从这个意义上说，这个故事是具有一丝苦涩韵味的浪漫主义小说。

《两个少女》是一部受意大利小说的影响、有许多田园小说成分的爱情故事，但它不同于乌托邦的田园小说，也不是柏拉图式的爱情，而更接近于历险记，是游记性质的爱情小说。两位居住在邻近地区却并不相识的安达鲁西亚少女特奥多西娅和莱奥卡迪娅同时爱上了唐璜式的青年安东尼奥。安东尼奥答应要娶特奥多西娅，并占有了她，他还对邻村的莱奥卡迪娅屡献殷勤，写下书面保证，要娶莱奥卡迪娅为妻。但他后来不辞而别，离开了她们。小说正是在这样的背景下展开的。为了寻找负心的情人，特奥多西娅女扮男装，路上遇到自己的兄长拉法埃尔，两人结伴而行，去寻找安东尼奥。在去巴塞罗那的路上，他们在曾经被伽泰兰强盗劫持的一群人中，发现其中一个男孩也是女扮男装。原来她就是被安东尼奥欺骗的美貌的莱奥卡迪娅，她也正在寻找安东尼奥。拉法埃尔立即爱上了莱奥卡迪娅。作者细致地描写了拉法埃尔兄妹面对莱奥卡迪娅时不同的复杂心理。他们结伴而行，到巴塞罗那时正见安东尼奥与人械斗，受了重伤。他被当地的绅士救出，并被带到绅士的家里。在那里，安东尼奥对莱奥卡迪娅的指责表示歉意，并表示了对特奥多西娅的爱。拉法埃尔表达了对莱奥卡迪娅的爱。这两对青年男女结了婚，一起去圣地亚哥朝拜，然后回故乡安达鲁西亚。回到家乡时正见三位绅士在决斗，原来是他们的父辈为了安东尼奥对两位少女的欺骗行为在进行决斗。在孩子们的劝说下，他们化干戈为玉帛。在以后的生活中，这些家庭和和美美，子孙满堂。

这篇小说的戏剧性很强，特别是特奥多西娅女扮男装在旅店的经历颇富戏剧色彩，她包下了旅店唯一的一个标准间后，一位绅士也来到这里，他想法住了进去，半夜姑娘自言自语讲述自己的不幸，不仅因为她受到负心人欺骗，而且她还担心她的兄长会因家庭的名誉受到损害而惩罚她。当绅士知道这一切时，开始劝导她，但她担心那个男子会非礼她，不许对方靠近。由于这一切都是在黑暗中进行，所以看不清对方的面孔。直到天亮，姑娘才发现陌生的绅士原来就是她的兄长。当兄妹俩遇到女扮男装的莱奥卡迪娅时，特奥多西娅发现后者是女的，并询问出了她正是自己的情敌莱奥卡迪娅，但后者却不知对方就是自己以为的与安东尼奥一起私奔的特奥多西娅，因为特奥多西娅仍是男装。剧情就是在这样富有戏剧色彩的背景下展开的。总的来说，这是一出轻喜剧。

《科尔纳莉娅小姐》是整个集子中唯一一部故事完全发生在意大利的小说。它讲述了两位巴斯克青年绅士安东尼奥和胡安的奇特经历。两位青年放弃了在萨拉曼卡大学的学习，参加了佛兰德斯的战争。在回西班牙之前他们去意大利游玩，到博洛尼亚时，他们决定在这儿继续学习。科尔纳莉娅的美貌在博洛尼亚享有盛名，无论两位青年如何努力，都未能见到她。一天晚上胡安外出散步，路过一家人家门口，里面的人递给他一个包袱，原来里面包着一个刚出生的婴儿。他将婴儿抱回家，托付给女管家。当他又出去时，见到一个绅士遭到许多人的攻击。他帮助那个人脱身。与此同时，安东尼奥遇到一个女子寻求他的帮助。原来她就是科尔纳莉娅小姐，她与费拉拉公爵一见钟情，并有了孩子。他们本来约好将孩子交给费拉拉公爵的仆人，费拉拉公爵接她一起逃走。但科尔纳莉娅的哥哥认为费拉拉公爵欺骗了他的妹妹，他家庭的名誉受到了伤害，便要惩罚费拉拉公爵。胡安和安东尼奥去找费拉拉公爵。经过一番周折，有情人终成眷属，两个巴斯克青年也按照传统回家乡结了婚。

在这个故事中，塞万提斯将一系列的偶然事件组合在一起：在胡安散步走到一家大门口时，当里面的人问他是不是叫法比奥时，他随口说是。后来科尔纳莉娅的哥哥又找到胡安，请他帮忙，找费拉拉公爵问个明白。而当胡安的女管家怂恿科尔纳莉娅躲进了她所认识的神父家里，而神父又是费拉拉公爵的挚友。此外，作者还用帽子、包婴儿的包袱，来证明人物的身份，以作认人的标志。最后，整出剧以圆满的结局告终。

《尊贵的洗碗女工》是将流浪汉故事与爱情故事结合在一起的一部小说。这是两个贵族青年为了尝试一下冒险生活，放弃舒适的生活，离家出走，到西班牙南方去体验流浪汉生活，但在中途偶遇爱情的浪漫故事。

富有的贵族青年迭戈被流浪汉的生活深深地吸引了，独自一人逃到西班牙南方去亲身体验这样的生活。过了一段时间，他又回到家乡，向朋友托马斯讲述迷人的流浪汉生活。这样，两个人便借口去萨拉曼卡读书，向家里要了钱。他们上路后想法甩掉了管家，朝南方走去。途经托雷多时，他们听说在一个客店里有一位美貌非凡的洗碗姑娘康斯坦莎。当他们目睹姑娘的风采时，托马斯立即被她迷住了，决定留在托雷多，并到客店找了一份喂养牲口的工作，迭戈为了陪他，当了客店的驮水工。他们引起客店的两位姑娘的钟情，而托马斯则想方设法靠近康斯坦莎。好斗的迭戈惹是生非，差一点将人打死，被抓了起来。在保释出来后，他赌博先输后赢，表现出豪爽的绅士风度。但后来他又参与斗殴，被捕入狱。这时，当地法官的儿子爱上了洗碗姑娘，他的父亲到店里向店主询问姑娘的真实身世。店主讲出十五年前一位夫人于朝拜途中在客店生下一女孩，并将孩子托付他们夫妇妥善抚养之事，还说那位夫人留下了辨认女孩的标记。过了一些日子，一队人马来认领女孩，领头的是迭戈和托马斯的父亲。原来康斯坦莎的生父就是迭戈的父亲，他带着标记来认女儿。他是当地法官的老朋友。最后是美满的大结局：托马斯与康斯坦莎、迭戈与法官的一个女儿、法官的儿子与托马斯的妹妹分别结成连理。

　　这篇小说以浪漫的爱情故事为主线索，具有较为浓厚的流浪汉小说色彩。两位青年在小客店受到姑娘们的钟爱，产生了并不复杂的爱情纠葛，这更加突出了男女主人公的柏拉图式的爱情。作者又借那里欢快的节日气氛，用诗歌表达他充满着纯净的爱的情怀："谁能赢得幸福的爱情？／是沉默寡言的人，／怎样才能在爱的崎岖小道上攀登？／需要沉着和坚定。／如何才能获得爱的欢愉？／要执着，要顽强。"作者还借诗歌表达西班牙的风情和他的美好愿望："进来吧，／所有的少男少女，／这恰科纳舞厅，／犹如海洋一般宽阔，

/请大家把响板敲响,/请人们下来,/用双手扫去/肮脏的泥沙和灰尘,/人人都扫得十分干净。""那些爱跳舞的人,/遭到了教会的痛恨,/因为在教士们的眼中,/这是一种淫乱的行为。/这恰科纳舞会,/能增加生活的情爱。"小说的基调是欢快的,但下层社会的欺诈斗殴集中体现在曾经在流浪汉中间生活过的迭戈身上,富人的骄狂豪爽与流浪汉的狡黠都集中在他的身上。从这个意义上来看,这部小说从一个侧面反映了西班牙的社会现实。

严峻的现实,深邃的哲理

《玻璃硕士》和《堂吉诃德》一样,讲述的是一个疯子的故事。和堂吉诃德一样,主人公也有两个不同的名字,他在恢复了理智后就改变了名字。一个名叫托马斯的穷苦青年被两个在萨拉曼卡大学学习的安达鲁西亚的绅士收留,当了他们的侍从,也到萨拉曼卡大学学习。他跟随主人去安达鲁西亚后,认识了上尉巴尔迪维亚,并跟他去了意大利,经佛兰德斯回到萨拉曼卡继续学习,直至从法律专业毕业。这时一个女人疯狂地爱上了他,但他丝毫不为情动。那女人为了得到他,给他服了带毒的榅桲,以致他失去了知觉。他想象他整个身子都是玻璃做的,谁要是靠近他,他就会发出恐怖的尖叫,害怕别人碰碎了他。他从萨拉曼卡来到宫廷所在地瓦亚多里德,对周围的人和事不停地发表评论,表现出聪明与睿智。最后,一位僧侣治好了他的病。然而他却不得不放弃了他的律师工作,离开首都,去佛兰德斯当了一名士兵。

以疯子的口吻说出一般人不敢说却充满智慧的言语是塞万提斯独特的创作方法。在这部小说中，主人公对当时那个社会的各种人，如妓女、小偷、赌徒、仆人、搬运工、死刑犯、海员、医生、法官、诗人、作家、演员等，都进行了颇有见地的评论，还对社会上的各种陋习和腐败进行了揭露和抨击。在疯病的遮掩下，作者可以毫无顾忌地对周围的人和事进行调侃，正如主人公所说，他尽管是玻璃之躯，但"还没有脆弱到随波逐流、人云亦云的地步"。此外，作者对玻璃人的栩栩如生的塑造也是他的丰富的想象力的再现。

《林科内达和科达迪略》较之《尊贵的洗碗女工》更加接近流浪汉小说。《尊贵的洗碗女工》仅仅是运用了一些流浪汉小说的成分。而这一篇基本采用了源于西班牙的流浪汉小说的主要特点，着力表现出那个时代西班牙严酷的社会现实。两个年仅十四五岁的流浪汉，林科内达和科达迪略，在一家客店邂逅后，谈论着各自的经历，很快便成了好朋友。年龄稍小的科达迪略因不堪忍受继母的虐待，离开了家，一直以扒窃为生；林科内达则因偷拿了一袋珠宝而被法庭判罚离开首都，从此便以玩扑克牌行骗。两个人游荡街头，以欺蒙拐骗的方法谋生，最后他们来到当时繁华的塞维利亚。在那里，他们进入了像英国著名作家狄更斯笔下的《雾都孤儿》中描写的贼窝，成了小偷团伙中的成员。小说的后一部分就是在这个小院落里展开的。在这个微型社会里发生的种种既荒唐又符合社会常理的事情，既揭示了当时社会的腐败，也讥嘲了处于社会下层的人们的愚昧与无知。在小说中，司法官、警察与窃贼相勾结，遍布各地的妓女、小偷和无赖流氓组成了一个有组织、有分工的完整的社会团体：有受人尊敬的首领，有负责探听消息、负责"踩点"的探子，有负责从事记录的书记，有负责收取盗窃税的小头目，有受雇替人实施报复行为的打手。而这个团伙的头目是世界上最无知、最野蛮的人。最具讽刺意义的是，这个黑社会的成员都"极其忠诚和正直，信奉上帝，有良知，他们过着模范的生活，而且享有良好的声誉"。他们为了日后能穿戴整齐地上天堂，都虔诚地信奉基督，他们星期五不行窃，星期六不与名叫玛利亚的女人交谈，看起来这是个积德施善的"教友会"。在小说的结尾，塞万提斯还直截了当地抨击了这个罪恶的社会。

这一短篇小说对身处社会下层的人进行了真实的写生。可以说这一切是塞万提斯在塞维利亚生活时所亲身感受到的流浪汉的生活。文学批评界认为这是这部小说集中最能反映西班牙现实的作品。

《嫉妒的厄斯特雷马杜拉人》是以老夫娶少妻为题材编写的一个充满情趣的故事。一位名叫费利佩的厄斯特雷马杜拉人去美洲秘鲁发了财后，回到西班牙。他年事已高，决定娶妻生子。由于他是个非常爱吃醋的人，在娶了年少貌美的莱奥诺拉为妻后，便将她锁在一幢专门为她买的戒备森严、四周高墙矗立的房子内，由仆人将她牢牢看管，甚至家里饲养的动物都没有雄性的。"家里的老鼠可以为所欲为，因为没有公猫去逮它们；家里也听不到公狗的吠叫声。"老人本人也日夜警惕妻子的一举一动。村里一位游手好闲的富家子弟罗亚沙决定在朋友的帮助下攻破这防守严密的"堡垒"。

他乔装打扮成乞丐模样的音乐家，先是用教音乐的方法骗开了第一道门，继而又骗取了女仆们的信任，用迷药麻醉了男主人。女管家自己看上了罗亚沙，为了达到自己的目的，便让女主人先与青年幽会。老人醒来后发觉少妇躺在一个男青年的怀里，晕了过去。老人清醒后叫来了岳父母，立下了遗嘱。七天后老人去世，莱奥诺拉进了修道院。

作者对情节的安排颇具匠心，对人物内心的心理描写也很细腻、独特。书中老人的嫉妒心已经发展到了极致，而老人清醒后大彻大悟的言语更让人深思，"我自己就是用来杀害自己的毒药的制造者"。而少妇在与罗亚沙的幽会中并没有失去贞操，"莱奥诺拉的本领也不小。就在她与罗亚沙在一起的这段时间里，她充分显示了自己的本领，使这个狡猾的骗子无法战胜她"。所以，最后她并没有照丈夫遗嘱里吩咐的那样与那位青年结婚，而是无比伤心地进了修道院。小说中描写的女管家与女仆对罗亚沙的欲念，以及女管家撮合青年男女所起的作用，不仅使人想起了薄伽丘的《十日谈》，也让人想起了西班牙的《塞莱斯蒂娜》中那个拉皮条的女人。

《骗婚记》是《训诫小说集》中情节较为复杂、戏剧性较强的一部。在这部小说中，作者仍是遵循贺拉斯在《诗艺》中提出的关于叙述方法的主张，将小说从一开始便置于已经展开的情节中，让读者在作者构建的充满悬念和寓意的结构中得到享受和教益。作者精心构筑了一个错综复杂的"骗"的结构，将不同层次的骗局编织在一起，使"骗"的含义更加深刻。主人公坎布萨诺少尉为了骗得一位他认为是贵夫人的女子的爱,对她作出种种承诺,而这女子尽管承认自己不光彩的身世,却把自己说成是一幢房子的女主人,而实际上这房子是她的女友外出时托她临时照看的。他们结婚后,真正的女主人回到家中,而这位新婚妻子则向丈夫坎布萨诺谎称,真正的女主人是冒充的,是为了骗得与她同来的那个男爵的爱情才这么说的。这种骗人者用第三者来隐喻自己布下的骗局的手法,为这复杂的结构增添了几分趣味,也增加了几分讥刺。最后,少尉得知自己受骗以后十分恼火,要找自己的妻子算账。但那女子已经逃走,逃离时带走了他的箱子,连同许多项链和钻石戒指。坎布萨诺对此却不以为意,因为他的那些首饰全是赝品,是用来骗那女子的。正如少尉最后所说的那样,"她若是挂了羊头,在卖狗肉,那么,我是挂了猪头,在卖驴肉。"这样,在这多层次的骗局中包含的深意就不言而喻的了。

《狗的对话》是这部小说集的最后一篇,也是和上一篇紧密相连的一篇,因为《骗婚记》一开始就是坎布萨诺少尉在医院门口给他的老朋友讲述他的荒唐的婚事。他讲完这个故事之后,又讲起了他曾在医院听见的两只狗之间的对话。对于狗之间的奇特的对话,两个朋友进行了评述。两个人的调侃,既可看成是下一篇小说的前言,也可从中了解塞万提斯对文学与虚构的看法。正如坎布萨诺对他的朋友所说,"我虽听到它们多次交谈,但我也不相信自己的耳朵,我总以为自己在梦中,其实我是完全清醒的,上帝赐予我的五官都是处于清醒状态的……这些话原本应出自文人学士之口,现在却让两只狗给说出来了。反正我也不会杜撰，虽说我自己也不相信，但我还是得相信，我并没有在做梦，确实是两只狗在对话。"

《狗的对话》是整部小说集中最具塞万提斯特色的小说，也是他文学创作中最大胆、运用各种文学手法最多的一篇。用狗的对话的方式来代替两位哲学家的对话，表述具有哲理的思想，的确是文学上的创新。小说一开始就是两只狗的对话，它们先是从狗对人的忠诚的本性及语言能力调侃起，接着就是贝尔甘萨叙述自己的生活，而另一只狗西皮翁则一面听一面发表评论。整部小说就在两只狗的捧哏与逗哏中展开。贝尔甘萨从自己的出生谈起，首先，它在塞维利亚的屠宰场跟随当屠夫的第一个主人，然后又跟上了几个乡村牧人。接着，贝尔甘萨又回到塞维利亚，服侍一个有钱的商人，这个商人有两个儿子，受耶稣教教士的教育。这使它能对耶稣教的教育进行赞扬。接着，它又换了好几个主人，其中有军官、士兵，它从中学会了许多伎俩，成了一只"智慧狗"。它后来还见到一个巫婆，听她讲述了许多动物变人、人变动物的异化的故事。它还曾有一群吉卜赛主人。在这里，吉卜赛人全然没有了《吉卜赛女郎》中浪漫美好的形象，狡诈、虚伪、唯利是图是他们的真实面目。它还认识了诗人剧作家，发表了对诗歌的看法。最后，它到了首都瓦亚多里德的一所医院，认识了住在这里的诗人、数学家、炼金术士和一个谋士，并与另一只狗进行了这次对话。

这部小说虽是狗的对话，但却借鉴了流浪汉小说的写法，即一只狗以自述的形式，谈论自己的一生。它从自己的出生讲起，在不断更换主人的过程中，评述社会上各种各样的人和事，从而将西班牙社会的现实剖露出来，并对丑陋的现象进行抨击。首先，它在跟随第一个主人屠夫期间，屠宰场内人们毫无人性的相互关系，无疑是当时社会的缩影。在这里，人们没有灵魂和良心，卖淫、贿赂乃至杀人都是经常发生的事情。接着，它在跟随牧羊人的经历中发生的事情，就像是一个含义深刻的寓言，表面善良的牧羊人比狼还凶狠地杀害了羊后，向雇主妄称是狼叼走了羊，而忠诚的护羊狗却无端地受到了惩罚。正如贝尔甘萨所说："谁能够让大家都知晓保卫者即是进犯者，正如警卫睡觉，看守抢劫，监护人杀人。"这是作者假狗的对话对社会上的一些虚伪凶残的事物的本质进行的最有力的鞭挞。在跟随主人警察的过程中，它又目睹了警察与妓女、公证人军官勾结在一起坑害人的事，它把警察和妓女如何设圈套、如何与公证人军官一起利用职权的专横跋扈的嘴脸描述得惟妙惟肖，对社会的腐败进行了辛辣的讥刺。这只狗在跟随不同的主人的过程中，除了在为商人效劳、陪伴商人的儿子上学时赞颂了耶稣教派的学校中的良好风尚外，对它所见到的一切都进行了无情的讥讽。

值得一提的是贝尔甘萨叙述它与巫婆的对话与交往，老巫婆讲述了自己的身世：巫婆的母亲也是一个巫婆，她生下两个孩子时，被另一个巫术更高的女巫将孩子变成了狗。这段故事除了表达作者的人变动物、动物变人的异化现象外，还进一步论述了虚构与真实、想象与现实这个文学创作至关重要的问题："在我们想象中，发生任何事情都发生得那样的真切，以致我们根本无法区分哪是虚幻的，哪是真实的。"这里讲的文学理论与一开始另一只狗对叙述技巧的阐述相呼应，即讲述的故事有的本身就有趣味，而有的则有赖于讲述的方式。这种既叙述故事又阐明文学创作理论的方法在塞万提斯的创作中是屡见不鲜的，这种抹杀文学体裁之间的界限的方法，正是塞万提斯对现代作家影响较大的创作手法。

综观塞万提斯的《训诫小说集》，无论是在创作技巧上，还是在题材的内涵上，都给予现当代作家以启示。时至今日，它仍然具有跨越时空的魅力。且不说《吉卜赛女郎》被改编成电影，也不谈《林科内达和科达迪略》对现代小说的影响，只需读一读波多黎各女作家罗莎里奥·菲雷于1991年发表的《母狗的对话》，这篇模仿塞万提斯《训诫小说集》中的名篇《狗的对话》写成的小说（从另一个角度来看，可说是一篇散文），就完全可以感受到塞万提斯的文学魅力的延伸。这部小说是以两只母狗的对话形式写成的。作者对当今拉美文坛中的几位巨擘（如巴尔加斯·略萨、加西亚·马尔克斯等作家）歧视女性的作品与言论，进行了猛烈的抨击，文笔犀利泼辣，毫不留情，但言辞未免有些过激。

塞万提斯的戏剧

塞万提斯是一位有见地的文学创作家,他的戏剧创作思想也很有新意,往往与同时代的剧作家的主张不尽相同,或许这也是他的剧作在当时不怎么成功的一个原因。他认为,喜剧应是人类生活的一面镜子,反映真实的形象和习俗。《堂吉诃德》上卷的第四十八章中,教长说的一番话颇能代表塞万提斯的戏剧观:"根据图利奥的见解,戏剧应该是人生的镜子、习尚的基准、真理的反映。"[1] "人们看过构思奇巧、顺理成章的戏,会为噱头欢笑,因箴言获益,叹服剧情的曲折,学会明智地思索,警惕谎言欺骗,领受榜样的感召,怒斥恶习,归顺美德。一出好戏必定在人的心灵里唤起这种种情感,不管他是多么粗鄙而愚钝。"[2]

文艺复兴时期,意大利戏剧艺术对西班牙戏剧产生了很大影响。意大利的喜剧艺术家和剧团来到西班牙,把清新的风俗剧带到了西班牙舞台。西班牙开始有了自己的喜剧,其代表人物就是洛佩·德·鲁埃达。他为西班牙戏剧、为戏剧创作注入了全新含义。他把戏剧当作自己的职业、自己的生命。他带着剧团走遍了西班牙的大小城镇,给人们带来欢乐的笑声。他与他以前的剧作家不同,不把戏剧当作对观众进行说教的工具,而是要让观众高兴。让戏剧取悦观众是他的追求。

---

[1] 《堂吉诃德》上卷,浙江人民出版社,1996 年,董燕生译,第 434 页。
[2] 同上,第 435 页。

鲁埃达创作的短剧和幕间剧使他获得了广泛的声誉。他的剧作没有清晰固定的情节，而是向观众展现出一幅幅风俗场景画，他的戏剧语言的即席性很强，常常运用民间俗语，具有很强的通俗性。从洛佩·德·鲁埃达开始，幕间剧在西班牙已经作为独立的剧种受到观众的肯定。他的戏剧以漫画式的比喻、讥嘲的口吻，给观众以快乐，因为他知道来看戏的观众是来娱乐的。鲁埃达的戏剧对巴洛克风格的戏剧具有决定性的影响，他的戏剧的通俗性和娱乐性赋予了戏剧新的重要的意义：演出的成功与否并不看它是否符合戏剧原则，而是取决于观众的好恶。他的这种戏剧观对戏剧的普及产生了极大的推动作用，使得剧作家和演员职业化，并使戏剧的发展更加符合市场的需求。满足大众的要求成了剧作家和演员追求的目标。

塞万提斯在《八出喜剧和八出幕间短剧》的前言中，把洛佩·德·鲁埃达视作开拓和培育西班牙戏剧的第一人，他在总结这位伟大的戏剧家对西班牙戏剧所作的巨大贡献及描述那个时代的戏剧演出时说："在这位杰出的西班牙人的时代，喜剧作者的全部道具都塞在一个麻袋里，无非是四件镶金边的白羊皮袄、四副胡须、四个发套和四根牧羊棍，大致如此……幕间剧的角色可能是黑女人，也可能是个无赖、傻子或比斯开人，可以想见，洛佩把这四个和其他一些角色扮演得十分精彩和恰到好处。那个时代既没有布景更换器，也没有什么摩尔人、基督徒这类角色……"[1]

---

[1] 见《塞万提斯全集》第一卷，人民文学出版社，1996年，第293页。

由于鲁埃达戏剧的影响，塞万提斯对戏剧具有一种与生俱来的特殊喜好，他最早的愿望就是成为一个戏剧家，而且，戏剧创作在塞万提斯的文学活动中也占有相当重要的地位。从他早期的戏剧创作（大约始于1582年），到最后发表《八出喜剧和八出幕间短剧》（1615年），时间跨越了他整个文学创作的旺盛期。他的戏剧创作大致可以分为两个阶段。第一阶段是1580年他在阿尔及尔当了五年的囚徒被赎回到西班牙后至1587年他出任粮食征收员这一段时间。但他早期创作的作品留存至今的仅有两部，它们是《阿尔及尔的交易》和《被围困的努曼西亚》。这两部和其他几部散佚的剧作，据塞万提斯本人介绍，都曾经上演过，并取得了成功。塞万提斯在《帕尔纳索斯之旅》的附录中以对话的形式，对这些作品作了介绍。①

塞万提斯的早期剧作

塞万提斯早期戏剧作品有两部，这里介绍受到一致好评的作品《被围困的努曼西亚》(也称作《努曼西亚被毁》，简称《努曼西亚》）。

这部剧共分四幕。第一幕发生在围困努曼西亚的罗马军营内。小西庇阿①的军队"沉湎在永无餍足的酒色之中"②。小西庇阿发表演说，整肃军纪，鼓舞士气，他拒绝了努曼西亚使者的求和请求，

---

① 指历史上的小西庇阿。小西庇阿（约前185—前129）：古罗马统帅，大西庇阿长子的养子，演说家。公元前147年当选执政官，次年攻陷并破坏迦太基城。公元前133年再任执政官，领军入侵西班牙，攻陷努曼西亚。
② 《塞万提斯全集》第一卷，《被围困的努曼西亚》，第439页。

誓将已经被围了十六年的努曼西亚征服在脚下。在第一幕中，作者塑造了"西班牙"和"杜罗河"这两个具有象征意义的形象，祖国和母亲河的对话充分抒发了作者超越时空的感叹：预见了西班牙在罗马帝国时期的辉煌，以及西哥特人将驱逐罗马人等未来的事。他们断言，注定要失败的努曼西亚人的命运丝毫也不会削弱他们英勇奋战的光辉。这是一曲壮烈的英雄颂歌。第二幕的场景在努曼西亚城内，饱受饥饿的居民们在寻找出路，他们向巫师、死神卜知未来，但一切预兆都是不幸的。第三幕幕启时，努曼西亚一个青年勇士要与罗马士兵决斗，但遭到小西庇阿的拒绝。饥饿折磨着全体居民，为了不被敌人俘获，人们开始投入火海。勇士马兰德罗看到妇女儿童饥饿难当，决定与莱昂尼西奥去敌阵抢食物。第四幕在罗马人的军营中，马兰德罗两人闯阵，杀伤多人，抢走面包，一人逃回，一人身亡。马兰德罗满身鲜血回到城内，死去。全城的人也都陆续死去。罗马人攻进城内，唯一的幸存者小孩巴里亚托爬上塔楼，面对小西庇阿他毫无惧色，铿锵有力的誓言响彻天空。最后，他从塔顶跳下，连罗马统帅小西庇阿也不得不赞赏小勇士的壮烈行为。全剧的结尾是象征人物"荣誉"讴歌虽死犹荣的努曼西亚人，以及他们所代表的民族之魂。

《努曼西亚》是整个西班牙民族的悲壮的赞歌。这部剧描写了公元前被罗马大军围困的努曼西亚这个小城镇的居民，面对全副武装的罗马军队，用自己的血肉身躯和不屈不挠的精神书写下西班牙历史上不朽的一页。在 18 世纪拿破仑·波拿巴入侵西班牙时，西班牙各地就不断上演此剧以鼓舞抵御法军侵略的士气。各国文学家对此剧也作出了很高的评价,歌德称自己写给洪堡①的信是在非常兴奋地阅读了塞万提斯的这出悲剧之后写的。弗里德里希·希勒格尔②称这部作品为神来之笔。他的哥哥奥古斯特·威廉③则称该剧为戏剧中"少见的完美之作"。目光敏锐的叔本华曾就这剧本写过一段类似碑文警句的话:"塞万提斯描绘的整个城市居民的自杀难道失去了一切?它仅仅是让我们回归大自然。"④

这部剧作不仅气势磅礴,而且在艺术表现手法上也独具特色。虽然抽象人物在文艺复兴时期的文学创作中已屡见不鲜,但塞万提斯塑造的"西班牙""杜罗河""死亡""饥饿""疾病""战争""荣誉"等象征人物具有特殊的含义。首先出现的"西班牙"和"杜罗河"的对话超越了这部剧跨越的时空,一方面叙述了西班牙的过去,另一方面又讲述了罗马人征服以后西班牙曾取得的辉煌,充分体现了作者身上的崇高的民族主义气节。如果我们再看一看塞万提斯在《阿尔及尔的交易》中所写的摩尔人国王的感叹:"我不明白这些西班牙 / 狗杂种囚徒是什么样的人。/ 谁总在逃跑?西班牙人。/ 谁不被铁链屈服?西班牙人。/ 谁使我们狼狈不堪?西班牙人。/ 谁犯下

---

① 卡尔·威廉·洪堡(1767—1835):德国语言学家。
② 弗里德里希·希勒格尔(1772—1829):德国作家、语言学家、文艺理论家。
③ 奥古斯特·威廉·希勒格尔(1767—1845):德国文艺理论家、翻译家。
④ 以上著名文论家的评述引语均译自《塞万提斯全集》,西班牙阿吉拉尔出版社,1986年,戏剧部分的前言。

那么多罪过？西班牙人。/ 他们胸中的桀骜不驯 / 上天赋予……"①就不难看出他的民族自豪感。

在全剧就要结束时，小西庇阿眼看着最后一个活着的小孩从塔上跳下，罗马人要俘获一名幸存的居民以证明自己的胜利的希望破灭了。"荣誉"的出现再一次赞颂了西班牙人视死如归的大无畏精神，并把这种精神看作是西班牙人取得历史辉煌的源泉。可以说，这是塞万提斯戏剧创作中的一部力作，也是上演次数最多、影响最大的一部。

《八出喜剧和八出幕间短剧》

在上述两部早期剧作之后，塞万提斯将他创作的其余剧作收集成册出版，取名为《八出喜剧和八出幕间短剧》。这部戏剧集最早由阿隆索·马丁夫人于 1615 年推出。我们虽然不能确切地知道，这些剧作在 17 世纪是否上演过，但却可以肯定这些剧作对以后的剧作家们具有很大的影响。然而，这本剧作集印行的数量与流传的范围有限，因为到 1749 年才再版。据推测，这些幕间短剧是在 1600 至 1610 年间创作的。八出幕间短剧并不是按时间的先后顺序排列的，但可以从题材内容上看出它们的内在联系：前四出剧是以打官司为题材，后四出剧是以讥嘲为全剧的内容。下面将八出幕间短剧和八出喜剧逐一进行介绍。

---

① 译自《塞万提斯戏剧全集》，西班牙巴塞罗那行星出版社，1987 年，前言，第 4 页。

（1）幕间短剧

尽管塞万提斯本人也承认，他缺少对诗的敏锐的嗅觉，缺乏对戏剧创作的戏剧性的把握能力，但在戏剧创作中，他展示出来的才能却是毋庸置疑的。除了几出仍经常上映的剧作外，他的幕间短剧的创作是最为成功的。可以说，他的幕间短剧是西班牙同类剧中的典范。

简而言之，塞万提斯的幕间短剧的内容十分广泛，虽然描写的主要对象是西班牙戏剧中常用的老人、无赖、小丑、士兵、皮条客，但表达的思想却颇为深刻。而他笔下的人物又被赋予的新的含义，他借他所塑造的人物，阐述他的具有鲜明个性的一些想法和主张，用讥讽的笔调来表现从现实生活中发掘出的风俗主义的现实画面，这些带有讽刺意味的场景似漫画一般，成了现实社会的一面镜子。从这一点看，塞万提斯的幕间短剧与他的《训诫小说集》和《堂吉诃德》没有多少区别。这些剧虽然短小，但在逗乐的同时，还给人以深刻的启迪。在八出幕间短剧中，演出最多、最具寓意、至今仍在上演的是《奇迹剧》和《忠诚的守护人》等。

塞万提斯的第一部幕间短剧是《审理离婚案的法官》。在这一出戏中，作者通过四起离婚案件，将社会上常见的一些离婚案呈现在观众面前，并借此发表自己对于婚姻的看法。第一桩离婚案讲的是一个凶悍的女子要与身体有病、也不愿同她一起生活的丈夫离婚的故事。第二个案子是一个没有任何本事的士兵无法养家糊口，其妻子要求离婚的故事。第三个案子是一个医生和他的太太的离婚案。

第四个案子是一个搬运工在喝酒喝多了以后，与被他从罪恶中拯救出来的女人结了婚，之后又要离婚的故事，因为那女人到处惹是生非。对于这几对夫妻要求离婚的诉讼，法官的态度很明确：说服他们，让要离婚的夫妻重归于好，因为"要是凭这点就可以判夫妇离婚，那会有数不清的人要把婚姻枷锁从肩上卸掉"。①在最后的诗句中，作者又一次表达了他的看法："最坏的和解／也强过最好的离婚。"②从调侃的词语中我们可以隐隐约约地感受到，作者在经历了不很幸福的婚姻后，对婚姻所抱有的无可奈何的心态。

《一个名叫特兰帕戈斯的无赖鳏夫》是一出用诗写成的插科打诨的短剧，是幕间短剧中较为平淡的一部。特兰帕戈斯丧妻不久，他的仆人和其他几个小丑来安慰他，为他带来了三个妓女，让他从中挑选新的妻子。在谈论中，来了一个名叫埃斯卡拉曼的人，讲述他在北非的被囚遭遇。短剧在歌曲和舞蹈的欢乐中结束。

《达甘索的村长选举》是一出诗剧。达甘索是离马德里阿尔卡拉镇不远的一个村子，那里正在进行选举村长的一场闹剧。候选人的"美德"令人忍俊不禁：一位候选人是品酒师，能品出酒里的木料、皮革和铁的味道；一位候选人是弹无虚发的弹弓好手；一位候选人是修鞋匠；还有一位候选人是记忆力极佳的人。为了选村长，人们请书记官来考察候选人。通过书记官和候选人的一问一答，作

---

① 《塞万提斯全集》第四卷，人民文学出版社，1996年，第14页。
② 同上，第16页。

者把社会上的丑恶现象淋漓尽致地展现出来,并进行无情的讥嘲、抨击。其中拉纳说:"我要是当上村长,那我的权杖就不会是根细棍儿,像通常用的那样。我要用栎树来做,做得有两指粗,因为我害怕一袋金币轻轻一压就把它压弯了,还有其他各种礼物、恳求、许愿,或者七七八八的好处,都沉得像铅似的——这些不压坏你的肋骨和损伤你的灵魂你不会感到的重量,都压不弯我这权杖。"[1]除了借拉纳之口对权势进行揶揄外,塞万提斯还把对行政长官的期望寄托在拉纳身上。拉纳说:"我还要表现得有教养,讲文明,有点儿严格而又不太严厉。我决不侮辱由于犯罪而带到我跟前来的可怜的人……掌了权不应该就忘了要礼貌待人。"[2]

在剧中,作者还对宗教裁判所时期由于不学无术和文化禁锢产生的恶果进行毫不留情的讥讽和挖苦。佩索尼亚问乌米略斯会不会念书时,乌米略斯回答说:"自然不会。我家里没哪个人会这么不稳重,要去学那种不切实际的东西,学那玩意儿会把男人带上火刑场,把女人送进窑子哩。"[3]

《忠诚的守护人》是一部基本由散文写成的幕间短剧,大约创作于1611年。一名形似流浪汉的士兵和一名教堂司事同时爱上了马德里的洗碗女工克里斯蒂娜。两人在女工工作的那所房子前为表

---

[1] 《塞万提斯全集》第四卷,人民文学出版社,1996年,第48页。
[2] 同上。
[3] 同上,第47页。

达各自对姑娘的爱争吵了起来。教堂司事去寻找武器,士兵则守在大门前不许任何人进入那所房子,不论是乞丐,还是应约去卖针线的小贩和送鞋的鞋匠。士兵与克里斯蒂娜的主人发生了更为激烈的争吵,正在这时,教堂司事携带武器回来了。克里斯蒂娜和女主人以为他们要杀主人。后来,误会解除,情况明了,主人便问克里斯蒂娜想嫁给谁,姑娘选择了教堂司事。此剧语言诙谐生动,富有喜剧性,并且将那个时代典型的两种社会矛盾,即军队的士兵和宗教的神职人员之间的矛盾,用诙谐幽默的方式反映出来。人们从士兵身上可以看到塞万提斯对士兵的骑士风度的赞赏,尽管最后克里斯蒂娜选择了教堂司事,但作者的态度却是鲜明的,正如士兵最后在台词中所说:"女人总是挑选/没价值的东西,/因为她们趣味低级,/看不出男人的功绩。/她们不尊重勇敢,/只是看重钱币……"[①]

《假冒的比斯开人》是一出轻喜剧。索洛萨诺和他的朋友基尼奥内斯为克里斯蒂娜设了一个骗局,索洛萨诺告诉克里斯蒂娜,他有一个比斯开的朋友要送他儿子来萨拉曼卡学习,这人很有钱,而且有些傻,他提议克里斯蒂娜和她的朋友想法从那个比斯开人那里捞一笔,说着他把比斯开人的一条值一百二十个埃斯库多的金链子拿出来给女主人克里斯蒂娜,只要求她先给他十个埃斯库多,然后再用二十个埃斯库多请他们吃一顿晚餐。在证实了金链子属纯金所

[①] 《塞万提斯全集》第四卷,人民文学出版社,1996年,第78页。

铸后,女主人答应了索洛萨诺的交易。当索洛萨诺把假冒的比斯开人,即他的朋友基尼奥内斯带来时,女主人用酒菜招待他们,比斯开人蹩脚的西班牙语逗得人们忍俊不禁。正在这时,索洛萨诺告诉女主人,比斯开人的父亲病危,但缺少盘缠,需要拿回金链子。于是,索洛萨诺还给克里斯蒂娜十个埃斯库多,并又给了她十个埃斯库多后,拿回了金链子。但他立即做了手脚,用假的金链子替换了真的,反说女主人调了包。最后警察闻讯赶来,胆小的克里斯蒂娜怕被定罪,便答应了狡诈的索洛萨诺的提议,即将假金链子给"糊涂"的比斯开人,给警官和他各六个和十个埃斯库多。这一方面贿赂了警官,另一方面自己也得到了好处。最后,假冒的比斯开人随乐师们一起到来,事情真相大白。假冒的比斯开人用流畅的西班牙语说道:"挨过一次骗,就会挨千百次骗。"[①]而女主人也表现出宽宏大量,请众人吃饭。

  在这个剧中,作者塑造了两个流浪汉人物,采用民间常用的真假金饰品调包的方法,一方面轻松地揶揄了贪财的女主人,另一方面又表现了流浪汉的狡黠。这种两个骗子搭档进行合伙欺骗的伎俩最早出现在西班牙流浪汉的生活中,20世纪西班牙著名的戏剧家贝纳文特[②]的代表作《利害关系》就是这类剧作的最佳代表。这是

[①] 《塞万提斯全集》第四卷,人民文学出版社,1996年,第101页。
[②] 贝纳文特(Jacinto Benavente, 1866—1954):西班牙著名戏剧家,1922年获得诺贝尔文学奖。

一出介于恶作剧和骗局之间的轻喜剧,不仅展现了那个时代的社会现实,也让观众在笑声中品味生活中的苦与涩。

塞万提斯最杰出的幕间短剧是《奇迹剧》,这个剧本的故事取材于14世纪的西班牙作家堂胡安·马努埃尔的短篇小说集《鲁卡诺尔伯爵》中的"国王和三个自称织了一块奇异呢绒的骗子的故事"。这个故事取材于北欧的一个古老传说,讲的是三个骗子来到国王面前,说他们是制作呢绒的能工巧匠,而且还说他们织的呢绒只有诚实的人的后代才能看见,那些奸诈之人和不诚实的人生的子女是看不见的。最后国王穿了这样的布织出来的新衣,但谁也不敢指出国王没有穿衣服,只有一个一无所有的、皮肤黝黑的人说出了真话。这个故事后来被安徒生改编成了妇孺皆知的童话《皇帝的新装》。

塞万提斯的《奇迹剧》就是受这个故事的启发写成的。一个剧团来到某个村庄,宣称他们能演出奇迹剧,但只有那些在合法婚姻下出生的人和具有纯净血统的基督教徒才能看得见,村长与村民们都很感兴趣,希望一睹为快。演出开始时剧团作者介绍舞台上"演出"的奇迹:希伯来的参孙抱住石柱,将它推倒;无数的、各种颜色的老鼠从诺亚方舟上下来,排着长队走来走去……这时,剧团请来的小姐、太太、先生们都异口同声地称自己看见了这些"奇迹",并形象地叙述着自己看到的魔鬼和老鼠,有的还装出惊慌的样子,声称老鼠爬到了自己的大腿上。村长虽然十分清楚自己什么也没有看见,但为了维护自己出生的合法性和血统的纯洁性,也随声附和。这时,一位连队军需官路过这里,见众人疯疯癫癫,便高声质问,但遭到众人的嘲笑。于是,军需官拔出剑来驱散众人。尽管如此,剧团的演出还是取得了成功,第二天还要继续演下去。

这出剧不仅抨击了社会上许多人的虚伪性,还论及了在当时西班牙普遍的社会问题:合法婚姻的重要性与家族血统的纯洁性。对于前者,在堂胡安·马努埃尔的短篇小说中已经有所论及。而对于后者,塞万提斯是把它当作当时西班牙的时弊加以无情揭露和批判的,因为血统的纯洁性在16世纪的西班牙是个很严肃的社会问题。西班牙在历史上遭受摩尔人统治长达八个世纪。1492年,基督教国王赶走了摩尔人,统一了全国。凡是留在西班牙的犹太人和摩尔人都需皈依基督教,但只有纯正血统的基督教徒才能成为贵族,谋取较高的军职和社会特权。在16世纪,西班牙颁布了驱逐异教徒的法令,而且还设立宗教裁判所,迫害异教徒。塞万提斯以敏锐的目光观察到那个时代的弊端,无情地讥嘲了世俗的偏见,抨击了纯血统论的荒唐。此外,他还成功地将现实和幻境这两个层次结合起来,用强烈的对比和夸张手法来进行讽刺。

《萨拉曼卡的山洞》以一个商人被众人欺骗的经历,揭示了人世间的世态百相。潘克拉西奥要去作商务旅行,妻子莱昂纳尔达表现出依依不舍的样子。谁知,丈夫才出门,莱昂纳尔达和女仆克里斯蒂娜便准备接待她们各自的情人教堂司事和理发师,后两人带着丰盛的晚餐来约会。这时,萨拉曼卡的一个穷学生路过此地,要求借宿马厩。女主人看到他能严守秘密,就同意他留下。正在情人们幽会时,潘克拉西奥因车在半路出了故障,返回了家。听见丈夫的敲门声，莱昂纳尔达一方面拖延时间，另一方面让情人们和学生躲起来。丈夫回来后，听见萨拉曼卡学生的痛苦的呻吟声后，便询问究竟。于是，妻子坦白她曾留下一个可怜的萨拉曼卡学生在马厩过夜。学生出来后，声称自己有超常的魔法，能变出两个魔鬼拿着一篮佳肴。他口念咒语，魔法显灵了。教堂司事和理发师手拿一篮食品出现了。随着学生的咒语，两人弹起了吉他，唱起了萨拉曼卡神秘山洞的歌。潘克拉西奥面对魔法应验十分高兴，请众人吃饭，并让所有的人留下来，直至他学会萨拉曼卡山洞里的本领。这一环套一环的骗局，由一个萨拉曼卡的学生串联起来，起到了意想不到的戏剧效果。这个萨拉曼卡学生具有流浪汉的特性，塞万提斯在他的剧作中多次塑造流浪汉的形象，充分说明了流浪汉文学在他的文学创作中所起的重要影响。

最后一出幕间短剧是《嫉妒的老人》，其剧情与塞万提斯的《训诫小说集》中的《嫉妒的厄斯特雷马杜拉人》相似。讲的是一个忌妒心极强的老人，为避免自己的年轻美貌的妻子有外遇而如何将自己的妻子禁锢在闺房中的故事。故事一开始就是年轻的妻子洛伦萨在老人难得忘了关门的时候向侄女和女邻居奥蒂戈萨抱怨自己不幸的婚姻，老头不仅要她整天伺候，还醋意十足，把门窗紧闭，连公猫公狗都不放进来。女邻居为她出谋献策，要带一个年轻人来。这时，老人正向他的朋友诉说自己面对如此年轻的妻子如何妒火中烧，并采取何种防范措施。回到家后，女邻居敲门，要请老人帮忙，老人不得已开了门。女邻居拿出一张挂毯，向老人炫耀，并请老人购买。

在挂毯的掩护下,那个年轻人乘机溜进了闺房。老人说着挂毯上画的人,侄女说着溜进去的青年人,两人一应一答,相映成趣。老人将女邻居赶了出去,洛伦萨假作生气地回房休息。在房间里大声地向侄女讲述见到自己身边的美男子时所怀有的欢乐心情。老人听得莫名其妙,要闯进门去看个究竟。门开时,一盆水迎头浇下,年轻人乘机溜走。随后,老夫少妻吵了起来,引来了警官和参加隔壁婚礼的乐师和女邻居。在劝解下,老人向妻子赔了不是。整出戏在乐师的乐曲声中结束。这出短剧戏剧性很强,作者十分夸张地揶揄了老人极端的忌妒心,揭露出这种畸形的婚姻带来的恶果,而这恶果的产生无疑是由于经济原因。很明显,作者的同情心是在少妇这边的,因此塑造了一个像塞莱斯蒂娜的角色,为这段不合法却合乎情理的"情爱"牵线搭桥。对于这一题材,许多作家都进行了创作,但在如此短的篇幅里,如此惟妙惟肖地安排戏剧冲突,则是塞万提斯的独到之处。

(2)八出喜剧

塞万提斯的喜剧虽不像洛佩·德·维加的喜剧那样,在那个时代具有脍炙人口的影响,但他的作品遵循了自己独有的创作理论,具有独特的风格。在《堂吉诃德》上卷第四十八章中,作者借书中人物之口说出,喜剧"是人类生活的一面镜子,是习尚的基准,真理的反映"。换句话说,塞万提斯戏剧理论的基础就在于戏剧舞台的真实性。他的这种看法与洛佩·德·维加的主张完全不同,在洛佩·德·维加的袍剑喜剧①中,父母总是诚实、受人尊重的,他们要保护自己子女的名誉;贵夫人虽然多变,却是忠实诚恳的;美男子大都高贵勇敢,而丑角则是他们的影子。如果没有严重的荣誉问题,这种剧一般都以圆满的婚礼告终:美男子与贵夫人结婚,陪伴他们的仆人和仕女也喜结连理。塞万提斯坚持自己的主张,对这种矫揉造作的情节和虚假的模式进行了讥刺。他的《献媚的女人》就是用嘲讽的武器来表明自己的态度,批驳维加的喜剧观。这出剧的情节反映了复杂的现实生活中的各种矛盾冲突,最终也不是结婚的大团圆的结局,这种结局既不美满,也不悲惨,既不奖励善者,也不惩罚恶者。而在他的另一部剧作《佩德罗·德·乌尔德马拉斯》中,那些在袍剑喜剧中常见的美男倩女、男佣仕女都没有了,有的只是主人公的普通生活。

八出喜剧中的第一出剧是《英武的西班牙人》(又译为《西班牙美男子》),作者将历史成分与自己的创作想象结合在一起,讲述了一个动人的爱情故事。

摩尔姑娘阿尔拉莎仰慕在北非屡建战功的西班牙勇士费尔南多,她让追求她的摩尔青年阿里穆泽尔去俘获费尔南多,并将他带到她面前。阿里穆泽尔只身去奥兰,向费尔南多提出单独决战的挑战。同样爱恋阿尔拉莎的纳科尔使计谋让阿里穆泽尔无功而返。费

---

① 那个时代的戏剧中的人物大都身着袍子,佩带长剑或短剑,所以把这种喜剧称为袍剑喜剧。

尔南多见阿里穆泽尔情真意切，便决定出城，为践约让摩尔人俘获，被带到摩尔人的营帐内，但他隐去了自己的真实姓名。颇有戏剧性的是，在摩尔人的营帐内的一个基督徒囚徒奥罗佩萨认出了费尔南多，但保持缄默。仰慕费尔南多的阿尔拉莎与费尔南多的对话颇有情趣，当阿尔拉莎向他打听费尔南多的业绩时，隐名埋姓的费尔南多说他曾获得了与费尔南多一样的业绩，是费尔南多的"另一个我"。在场的奥罗佩萨向阿尔拉莎讲述了费尔南多在与土耳其人作战时的勇敢，暗喻了塞万提斯参加雷邦托海战的光辉过往。与此同时，一直暗恋着费尔南多的西班牙姑娘马加丽塔女扮男装，在老管家的陪伴下从家乡来奥兰寻找意中人。在马加丽塔叙述的故事中，她暗喻了曾在塞万提斯家的大门前发生过的命案。最后费尔南多为了基督教的荣誉与摩尔人进行了无畏的战斗，弥补了他私自离营违反了军规的错误。最终所有的有情人终成眷属。而最为人们感兴趣的是全剧结束时古斯曼的几句话："这部喜剧的主要目的，/是把真实的故事/和丰富的想象力结合起来。"①这不仅是因为主人公费尔南多·德·萨阿维德拉的身上有塞万提斯本人的影子，他的姓也与塞万提斯的母姓相同，而且是因为这句话代表了塞万提斯的创作思想。

在这个剧中，塞万提斯妥善地处理了忠诚、勇敢、友情和军事纪律之间的关系。此外，作者还颇有匠心地塑造了一个具有流浪汉

---

① 译自《塞万提斯戏剧全集》，西班牙巴塞罗那行星出版社，1987年，第106页。

性格的、爱吃喝的士兵形象，这个具有西班牙人独特性格的形象起到了穿针引线的作用，也表现了西班牙社会现实的一个侧面。

《嫉妒之屋和阿尔德内斯的森林》（一译作《争美记》）是一出骑士喜剧。评论界对这出剧褒贬不一。有人认为剧中场景的荒诞正是塞万提斯常用的讽刺手法，就像堂吉诃德在蒙特斯诺斯山洞里的梦中奇遇一样具有讽刺意义。但有人认为，这部剧是塞万提斯剧作中最不成功的一出，既没有情节，也没有多少象征意义，这是大多数人的意见。

这个集子的第三出喜剧是《被囚禁在阿尔及尔》，这是继《阿尔及尔的交易》之后又一出描写囚徒生活的剧本。剧中有许多与阿尔及尔的基督教囚徒相关的事件，具有鲜明的塞万提斯的自传色彩。这部戏的情节安排巧妙，故事跌宕起伏，戏剧性很强。至今仍具有较强的生命力，在西班牙戏剧舞台上占有一席之地。

第一幕一开始就是阿尔及尔的海盗洗劫了西班牙海岸，掳去了一些当地的居民，其中有年轻美貌的女子康斯坦莎和她的未婚夫费尔南多。在阿尔及尔，一个十分有钱的摩尔人的女儿莎拉爱上了基督教囚徒洛佩，莎拉要设法将他赎出，自己也要皈依基督教。在第二幕和第三幕中，康斯坦莎成了考拉利的妻子阿利玛的女仆，而费尔南多成了考拉利的仆人。两个主子分别爱上了对方的仆人，这样，剧情在他们复杂的爱情关系的背景下展开。与此同时，摩尔人折磨基督徒小囚徒弗朗西斯科兄弟，表现了摩尔人的凶残和弗朗西斯科兄弟的英勇无畏。基督教囚徒为了解闷，演起了塞万提斯最钟爱的洛佩·德·鲁埃达的戏剧，让人想起了莎士比亚的《哈姆雷特》的剧中剧。最后洛佩被莎拉赎出，所有的基督徒囚犯都逃跑成功，莎拉也皈依基督教。在这部剧中，作者再一次试图把历史的真实与自己的想象结合起来，因为莎拉是历史上有名的摩尔人阿吉·默拉托的女儿，而她的爱情故事在那个时代为人们所熟知。在全剧结束前，洛佩说道："这个故事／不是出自想象，／而是实有其事，／决非杜撰瞎编。／这个爱情故事和甜蜜回忆／发生在阿尔及尔，／真人真事和历史／既可怡情又可益智。"①

第四部喜剧《幸福的无赖》（一译《改邪归正成正果》）是一部宗教奇迹剧。圣徒剧在当时是很流行的一个剧种。在这出剧中，塞万提斯阐述了他在《堂吉诃德》上卷第四十八章中假神父之口表达出的观点，即对当时戏剧的情节荒唐、时间地点随心所欲地胡编乱造的深恶痛绝。他在这部戏中采用了真实的故事，以维护创作真实性的准则，对戏剧的非真实性进行批驳。剧中的主人公鲁戈是以历史上的真实人物为蓝本的，该剧讲述了一个流氓无赖修炼成圣徒的浪子回头的动人故事。鲁戈从西班牙的塞维利亚到墨西哥，对这些地点的变迁，作者都用史实来不断强调故事的真实性。此外，作者还注重人物内心的心理变化的描写，如第一幕结束时鲁戈的内心独白充分揭示了浪子回头的内心变化。而在后两幕中，已变成克鲁

---

① 《塞万提斯全集》第二卷，人民文学出版社，1996年，第491页。

斯神父的鲁戈不再为任何魔鬼的诱惑所动,他还为拯救妓女得了病。最后他又以自己的身躯拯救他人,充分表现了一个圣徒的崇高精神境界。

《苏丹王后堂娜卡塔琳娜·德·奥维多》的故事发生在君士坦丁堡的土耳其苏丹的宫廷里。已经皈依伊斯兰教的叛教者罗贝托在寻找朋友朗贝托。阉人鲁斯坦把隐藏的美女堂娜卡塔琳娜献给土耳其苏丹。苏丹立即被迷住了,让她成为王后,并向她许下诺言,她能做她想做的一切。西班牙囚徒马德里加尔因爱上了一个阿拉伯姑娘,被判死刑,但因他答应教法官鸟语,让大象学会说话,被免于一死。土耳其苏丹下令将两个女奴朗贝托和克拉拉交给王后支配。但是,当其中一个男扮女装的名叫朗贝托的"女奴"得知克拉拉已怀孕时,知道因为他们的欺骗,等待他们的将是死亡。鲁斯坦带了一个囚徒来给王后裁衣裳,王后一看到他便昏了过去,原来这个囚徒是她的父亲。马德里加尔当着众人的面唱起了关于堂娜卡塔琳娜身世的民谣。这时土耳其苏丹又选上了"女奴"朗贝托,并发现"她"是男人扮的,便下令杀死他。在王后的干预下,土耳其苏丹赦免了所有的人。

马德里加尔是个丑角,但在剧中扮演了十分重要的角色,除了插科打诨承上启下外,他还当着众人的面讲述了堂娜卡塔琳娜的身世,说这件事发生在 1600 年。他还在戏剧快结束时同安德列亚的谈话中这样说道:"既然我已走过了人生的一半,/当过喜剧演员,作为诗人/写过这位姑娘的历史,/对她如实描写不差分毫,/我在这儿演着那儿的同一个人物。"①这样，剧中人物变成了作者，也成了这个作者写的作品中的人物。这出剧有较强的戏剧性，至今仍具有较强的生命力，1992年被马德里国家剧团作为经典剧作在西班牙上演。

《爱情的迷宫》属于骑士剧类。故事中的大部分事件发生在意大利，公爵费德里克的女儿罗莎米拉与曼夫雷多订婚。然而乌特里诺公爵的儿子达戈贝托认为她与一个不知姓名的绅士有染，并与愿意出来护卫她的人决斗。罗莎米拉因此被关押，直至事情澄清。阿纳斯塔西奥公爵扮作农夫训斥达戈贝托。多尔兰公爵的女儿胡丽亚和外甥女波希亚女扮男装，化名卡米洛和鲁迪里亚，偶遇正在打猎的曼夫雷多。由于罗莎米拉被控告，罗莎米拉与曼夫雷多的婚约被解除。多尔兰公爵指责曼夫雷多拐走了女儿和外甥女。女扮男装的胡丽亚告诉曼夫雷多，胡丽亚爱他。阿纳斯塔西奥公爵决定出面维护罗莎米拉，被关押的罗莎米拉表示不嫁给阿纳斯塔西奥公爵。后来，波希亚与罗莎米拉换了衣装，阿纳斯塔西奥公爵再一次向穿了罗莎米拉衣装的波希亚示爱，波希亚答应了他。曼夫雷多要为罗莎米拉的名誉去决斗，胡丽亚着女装向曼夫雷多示爱，后者接受了她的爱。最后，所有的人都聚集在一起。

这是一出以乔装的装束为主要戏剧手段的骑士爱情剧。女扮男

---

① 《塞万提斯全集》第三卷，人民文学出版社，1996年，第148页。

装，一会儿扮作绅士，一会儿扮作农夫，一会儿又扮作学生；绅士扮作农夫，又扮作学生；正如作者冠以的剧名《爱情的迷宫》，这纷杂的爱情纠葛将人们引入迷茫，而剧中热闹的场面、游手好闲的人的插科打诨、骑士与小姐之间颇有情趣的对话、小姐受辱后勇士的挺身而出，这一切都增添了戏剧色彩。

《献媚的女人》（一译《相思错》）属于袍剑喜剧。故事发生在马德里。剧中被几个人物爱上的玛尔塞拉没有出场，而出场的玛尔塞拉则是前述玛尔塞拉其中一个追求者安东尼奥的妹妹，两个玛尔塞拉长得十分相像。这样，在话语中就产生了兄妹乱伦之嫌。在剧中，不仅绅士小姐在恋爱，而且男女仆人之间也在谈情说爱，还醋意十足，带有现实生活的气息。尽管剧中有许多多角恋爱及爱情故事，然而，最后却没有一个大团圆的爱情结局。毫无疑问，这是塞万提斯精心设计的，为的是讥讽当时西班牙戏剧舞台上常见的大团圆的俗套。全剧结束前的几句台词颇能看出塞万提斯不随波逐流、力图创新的创作思想："我依然相信自己，／不追求空中楼阁，／只寻找那适合／我性情的郎君……这故事的结尾就是如此：／有的人是不愿意，／有的人是不能够，／到头来谁都不能结连理。"[①]

塞万提斯戏剧集的最后一部剧是《佩德罗·德·乌尔德马拉斯》（一译《鬼点子佩德罗》）。这是塞万提斯戏剧创作中最具有独创

---

① 《塞万提斯全集》第三卷，人民文学出版社，1996年，第476页。

性、最脍炙人口的剧作。主人公佩德罗"是从石头缝中蹦出来的，／从未见到过生身父亲"。①这样一个流浪汉，他聪明伶俐，善于处理各种问题：既善于像塞莱斯蒂娜那样充当撮合人，又善于判断是非，促成了克莱门特与村长女儿的婚事。村长和吉卜赛人分别为国王组织舞蹈演出。佩德罗爱上了吉卜赛姑娘贝丽卡，但遭到了她的拒绝。佩德罗一会儿扮作盲人，一会儿又扮作吉卜赛人。在演出中国王看上了贝丽卡，引起王后的妒意。王后遂要将贝丽卡关起来。佩德罗装扮成传教士，妄称能为寡妇死去的丈夫的亡灵超度，骗取了她的钱财。一位绅士将贝丽卡的真实身份告诉了王后，原来她是王后的侄女。佩德罗又扮成大学生，试图欺骗一个村民。这时，戏剧的情节急转：佩德罗与几个喜剧演员谈起了戏剧创作。他又成了剧作家，在这出剧中又上演了另一出剧，演员和饰演演员的演员与剧中人物交织融会在一起。

在剧中，作者还将吉卜赛人和流浪汉的生活，以及西班牙城镇带有迷信色彩的风俗图景展现出来，而且还重点刻画了主人公佩德罗，由他把不同的人物和不同的情节连在了一起。而且他的身份也很特别，首先他是个流浪汉，其次，他装扮成不同的人，而在最后他当上了剧作家、演员，他还能演绅士、学生、主教、国王。这其中的寓意是不言自明的：一个人即所有的人。同时，佩德罗还抒发

---

① 《塞万提斯全集》第三卷，人民文学出版社，1996年，第517页。

了塞万提斯对戏剧演员的看法："要使听众的表情／跟着你的表情变化，／如能做到这一点，／就是优秀的演员。"①"众所周知，演戏／是一种职业，／它既教育百姓，／也使他们得到娱乐。"②而佩德罗作为剧中人和剧作者的双重身份说出的结束语更令人玩味，他暗指维加的戏剧的弊病，以及这出戏的独创性："明天在戏院另演一场，／只需花几个小钱，／就可以从头看到尾，收场不是大团圆，／那是俗套看够了。"③

总而言之，塞万提斯的戏剧创作尽管没有达到他的代表作《堂吉诃德》的高度，但也对以后西班牙和欧洲戏剧的发展产生了一定的影响。

---

① 《塞万提斯全集》第三卷，人民文学出版社，1996年，第623页。
② 同上，第630页。
③ 同上，第634页。

PART 4

塞万提斯在中国

塞万提斯的名字在当今中国已不陌生,而堂吉诃德这一艺术形象则更是广为人知,那令人忍俊不禁的斗风车、怒戳红酒囊和羊群大战情节在中国妇孺皆知。

虽然塞万提斯在1615年出版的《堂吉诃德》下卷的献词中曾以诙谐的口吻谈到了中国:"最急着等堂吉诃德去的是中国的大皇帝。他一月前特派专人送来一封中文信,要求我——或者竟可说是恳求我把堂吉诃德送到中国去,他要建立一所西班牙语文学院,打算用堂吉诃德的故事做课本;还说要请我去做院长。"[①]表达了他对这个遥远而陌生的国度美好的向往之情,但在交通不发达、世界

[①] 《堂吉诃德》下卷,人民文学出版社,杨绛译,1987年,第1—2页。

不开放、中国极其封闭的三个世纪中,塞万提斯的名字和他的巨著《堂吉诃德》对于中国人来说却是完全陌生的。

20世纪20年代,随着中国新文化运动的兴起,外国文学被逐渐介绍到中国,《堂吉诃德》这部已被无数西方著名作家称誉的长篇小说也被介绍到了中国。当时的翻译水平比较差,更不是从西班牙文直接译出,人们对塞万提斯及其作品的认识还十分肤浅,对这一点我们从当时译本的书名《魔侠传》便可看出。

在中国,人们对塞万提斯及其作品的认识可以分为三个阶段。从20世纪20年代被介绍到中国开始,到1949年可算作第一个阶段,主要是中国的新文化运动的先驱们把外国文学介绍到中国来,给封闭了上千年的中国社会吹进了人文主义的阵阵春风。塞万提斯也随着这股风来到了中国。自1949年至1979年是第二个阶段。而从1979年至今是第三个阶段。

中国和西班牙在文化上的联系可追溯到明朝。据杨绛先生在1984年发表的文章《〈堂吉诃德〉译余琐掇》[1]中推测,在传教士艾儒略用中国文言文撰写的《职方外纪》(1623年)中,马德里加尔[2]是在我国文献中最早出现的西班牙作家。在明朝中期,葡萄牙人于1498年首先来到中国,1557年占据了澳门。1575年西班

---

[1] 《读书》杂志,生活·读书·新知三联书店,1984年第9期。
[2] 马德里加尔(Madrigal, Alonso de, 1400—1454):西班牙知识渊博的神学家。堂吉诃德在《堂吉诃德》下卷第三章中曾提到他。

牙人也来到中国,"据传明朝万历年间,即公元 1612 年,神宗皇帝曾经托到中国来的西班牙传教士带给西班牙王一封信"①。可能正是这一封信引发了塞万提斯在下卷献词中的戏言。

1921 年,沈雁冰(茅盾)在《小说月报》第十二卷第三号上的《西班牙写实主义的代表伊本纳兹②》一文中指出,"一个极大的不朽的文学家,就是西凡德思③"。这是中国最早介绍塞万提斯的文字记载。

最早将《堂吉诃德》译成中文的是林纾和陈家麟两位先生,书名为《魔侠传》,于 1922 年 3 月由商务印书馆出版。该译本虽是上下两卷,但仅是《堂吉诃德》上卷的节译本,且译文为文言文,译得也很不完全、不准确。但这毕竟是《堂吉诃德》第一种中文译本,当时文学界的评价已相当高,而且都为《堂吉诃德》能介绍到中国来而感到无比兴奋,认为塞万提斯在该书的下卷献词中的戏言成了现实。当时评论界对这部译作的历史功绩和译文质量的优劣也都作了较为中肯全面的评价。傅东华先生在 1923 年写的《西万提司④评传》一文中就认为,尽管林纾的译本不甚精密,但由于原书确有伟大的力量,读起来也觉得"不忍释手"⑤。周作人先生曾在《自己

---

① 见《塞万提斯和〈堂吉诃德〉》,北京出版社,1981 年,第 108 页。
② 现译为伊巴涅斯(Vicente Blasco Ibáñez,1867—1928):西班牙小说家。
③ 现译为塞万提斯。
④ 即塞万提斯。
⑤ 付东华:《西万提司评传》,载小说月报 16 卷 1 号(1923)。

的园地》一文中写道,"他(指塞万提斯)在第二封的序信上(1616年,当明朝万历末年)游戏的说道,中国皇帝有信给他,叫他把这一部小说寄去,以便作北京学校里西班牙语教科书用,他这笑话后来成为预言,中国居然也有了译本,但是因为我们的期望太大,对于译本的失望也就更甚……"① 接着,他在对当时的较好的英译本和日译本作了介绍后写道,"会外国文的都可以去得到适当的译本,(日本也有全译,)不会的只得去读这《魔侠传》,却也可以略见一斑,因为原作的趣味太丰厚了,正如华支(Watts)在《西万提司评传》中所说,即使在不堪的译文如莫妥(Motieux)的杂译本里,它的好处还不完全失掉,所以我说《魔侠传》也并非全然无用,虽然我希望中国将来会有一部不辱没原作者的全译出现。"②陆祖鼎先生在1924年也发表文章《西班牙守文德③的〈唐克孝传④〉》,对塞万提斯及其作品作了进一步的评价。

鲁迅先生也对塞万提斯及其作品表现出极大的兴趣。他在1928年至1929年间的一篇文章中写道:"……但愿不远的将来,中国能够得到一部可看的译本,即使不得不略去其中的闲文也好。"⑤他还署名隋洛文与易嘉⑥合译了卢那察尔斯基的剧作《被解放的堂

---

① 周作人:《魔侠传》,载小说月报16卷1号(1923)。
② 同上。
③ 即塞万提斯。
④ 即为《堂吉诃德》。
⑤ 《鲁迅全集》第7卷,人民文学出版社,1981年,第157页。
⑥ 瞿秋白的署名。

吉诃德》①。鲁迅先生在其论著中多次论及塞万提斯和《堂吉诃德》的译作②，还写过《中华民国的新堂吉诃德》③的文章。1936年沈雁冰著长文介绍塞万提斯④。在这期间介绍有关塞万提斯及其作品的文章、译作还有郁达夫翻译的屠格涅夫的《哈姆雷特和堂·吉诃德》⑤；戴望舒和徐霞村译的西班牙作家阿索林⑥的短篇小说集《西万提司的未婚妻》⑦；海涅对塞万提斯的高度评价的文章也被翻译介绍到中国来⑧。

继《魔侠传》后的又一部《堂吉诃德》的中译本是傅东华先生用白话文从英文转译的《吉诃德先生传》。译作发表于1935年5月的《世界文库》创刊号上，随后连载。1939年4月商务印书馆将上下两卷汇集成册一并出版。作品的代序为《海涅论吉诃德先生》。

总之，新文化运动对我国读者了解塞万提斯及其《堂吉诃德》作出了历史性的贡献，而这部巨著对我国新文学的发展也起到了巨

---

① 该译作发表于1931年《北斗》月刊第1卷第1期。鲁迅译了第一场，瞿秋白译了第二至第十场。
② 见鲁迅的《杂论管闲事，做学问，灰色等》，载《语丝》周刊，1926年第62期；《不是信》，《语丝》周刊，1926年第65期；《论重译》，"申报"（自由谈栏），1934年6月27日。
③ 不堂（鲁迅）：《中华民国的新堂吉诃德》，载《北斗》，1932年，第2卷第1期。
④ 见《世界文学名著讲话》，开明书店，1936年6月，开明青年丛书（二），第五章《吉诃德先生》，第149—188页。
⑤ 见《奔流》月刊，鲁迅、郁达夫主编。1928年6月至1929年12月。
⑥ 阿索林（Azorín，1874—1967）：西班牙作家。
⑦ 该书由商务印书馆于1930年出版。
⑧ 海涅：《吉诃德先生》。见《译文》第2卷3期，1950年。

大的推动作用。可以想见的是,鲁迅先生的《狂人日记》可能受到了《堂吉诃德》的启迪和影响。《狂人日记》中的疯与愚的错位所包含的喻义恰似《堂吉诃德》中疯与智的反差。被人当作疯子的狂人以敏锐的目光看透了中国封建社会人吃人的本质,揭示了人们在这个社会中对腐败丑陋的熟视无睹、麻木不仁,甚至随波逐流的心态。堂吉诃德是因为读骑士小说着了迷变得痴疯,而狂人则是看《道德经》中了邪。从心理学的角度看,《狂人日记》中的癫狂和《训诫小说集》中的《玻璃硕士》的惶惑有着惊人的相似。尽管我们没有资料证实鲁迅先生在写《狂人日记》前看过塞万提斯的《堂吉诃德》和《训诫小说集》,但毫无疑问的是,鲁迅创作的狂人精神本身几乎可以认定是受到了塞万提斯《堂吉诃德》的影响。而这种影响可以从鲁迅先生对阿Q的姓氏推测的扑朔迷离与塞万提斯为堂吉诃德起名时谜一般的魔幻中看出来,再联想到《阿Q正传》中小童的名字don,就让我们不得不想到阿Q的名字中的Q源自堂吉诃德的西班牙文Quijote的第一个字母。

对塞万提斯及其作品的介绍与认识的第二阶段是从20世纪50年代开始。在这期间,《堂吉诃德》又出版了几个版本,其中有傅东华先生的旧译新版《吉诃德先生传》[①],伍实(即傅东华)译的《吉诃德先生传》[②],刘云译的《吉诃德先生传》(沙克莱改写

---

① 《吉诃德先生传》,商务印书馆,1950年。
② 《吉诃德先生传》,作家出版社,伍实(傅东华)译,1954年。

本）[①]，陈伯吹译的《堂·吉诃德》[②]，常枫译的《吉诃德先生传》（沙克莱改写本）[③]和傅东华译的《唐吉诃德》（第一、二部）[④]。在这一时期，《堂吉诃德》的译介并没有什么新意。除了《堂吉诃德》外，塞万提斯的《训诫小说集》也开始被部分地介绍到中国。1958年上海新文艺出版社（1959年与其他社合并为上海文艺出版社）出版了署名祝融的祝庆英译的《惩恶扬善故事集》（仅译了十二个短篇中的五篇）。

20 世纪 50 年代，《堂吉诃德》在中国的影响并不很大。而且，对《堂吉诃德》的评价仅停留在两个方面，一是揭露西班牙的现实，主张社会正义，二是阐述堂吉诃德的不合时宜，理论脱离实际。即使是评论《堂吉诃德》的艺术特点，也仅仅评述其现实主义，而对其文学艺术特点的评论几乎没有。而且这一时期有关塞万提斯及其《堂吉诃德》的评介具有很强的政治宣传色彩，时间也仅仅是从1950 年到 1956 年。

在 20 世纪 50 年代后期，随着政治上的极左的运动一个接着一个，文艺上的禁锢愈加严厉，文学评论中思想更加僵化。到了反文化的"文化大革命"时期，对文化的摧残更是到了无以复加的地步，一些颇有名气的文学评论家甚至把以塞万提斯的名字命名的塞万提

[①] 《吉诃德先生传》（沙克莱改写本），中国青年出版社，刘云译，1956 年。
[②] 《堂·吉诃德》，上海少年出版社，陈伯吹译，1956 年。
[③] 《吉诃德先生传》（沙克莱改写本），香港侨益书局，常枫译，1959 年。
[④] 《唐吉诃德》（第一、二部），傅东华译，人民文学出版社，1959 年。

斯文学奖说成是帝国主义的阴谋，便是一个明证。在这样的情况下，是不可能进行什么认真严肃的外国文学、塞万提斯研究的。

中国的改革开放，迎来了塞学研究的第三个阶段。20 世纪七八十年代，对塞万提斯的学术研究开始有了较为宽松的环境。1978 年杨绛先生第一次将《堂吉诃德》直接由西班牙文翻译成中文出版，1982 年她又在原译本的基础上进行了修订。这个版本很好地再现了塞万提斯原著的风格风貌。这个译本在我国流传甚广，影响深远。可以说，这是我国塞学上一座具有历史意义的里程碑。中国读者终于有了一部很好的《堂吉诃德》的译本，可以尽情地欣赏，并研究这部不朽的文学巨著了。

到了 20 世纪 90 年代，《堂吉诃德》的直译本也从杨绛先生的一个版本增加到董燕生译本，以及许多西班牙语学者（屠孟超、孙家梦、张广生、唐民权等等）的译本。值得一提的是董燕生先生的译本。董燕生先生从事西班牙语教学数十载，其西班牙语水平已达到炉火纯青的地步，而他在翻译领域也勤耕不辍、佳作不断，显示出扎实的翻译功底。在翻译这部古典文学名著的过程中，他更是以学者的严谨扎实、精益求精的治学态度，作了全身心的投入，最大可能地将原著的风格风貌展现在中国读者面前。这部译本的最主要的特点是准确，译者将公认的难点对照西班牙文最新最好的版本妥善地加以解决，准确地传达出原著的本意。此外，这部译作完全用现代汉语译出，并根据原著中的风格恰到好处地采用了仿古措辞，这既适应了当代读者的阅读需要，也最大限度地保留了原著的神韵，给20世纪末的中国读者以巨大的精神享受。其他几位先生的译本也很好地再现了原著的风貌,语言简洁、准确,译笔流畅。

除了《堂吉诃德》外,塞万提斯的其他作品也相继译成中文出版。塞万提斯的《训诫小说集》的全译本首次于1992年12月由重庆出版社出版。《塞万提斯全集》也于1996年4月由人民文学出版社出版。

在这一时期,对《堂吉诃德》的研究也在不断地深入。评论已不仅局限于作品的社会意义,而开始涉及更深层次的含义。特别是1992年发表在《外国文学评论》第四期上的饶道庆的文章《意义的重建:从过去到未来——〈堂吉诃德〉新论》和发表在厦门大学学报1996年第一期上的周宁的文章《幻想中的英雄——〈堂吉诃德〉的多层含义》中的独特的见解,把塞万提斯的研究引向了更加深入的阶段。

在纪念塞万提斯四百五十周年诞辰之际,南京大学西班牙语专业组织举办了"塞万提斯在世界"国际学术研讨会。这是在亚洲召开的第一次研究塞万提斯的国际学术研讨会。参加会议的有许多享有盛名的塞万提斯学者,他们分别来自西班牙、英国、意大利等七个国家。其中有极负盛名的英国塞万提斯学者爱德华尔德·赖利教授,英国爱丁堡大学埃尔文·威廉姆斯教授,西班牙纳瓦拉大学教授、国际黄金世纪文学协会会长依格纳西奥·阿雷亚诺,纳瓦拉大学教授卡门·皮尼约斯,哥伦比亚学者、作家、美国辛辛那提大学外国文学系教授阿尔曼多·罗梅洛,西班牙萨拉戈萨大学阿尔弗莱多·巴拉斯·埃斯科拉教授,德国弗莱堡大学西班牙语文学教授海因茨·皮特·恩德雷斯，巴西圣保罗大学文学系教授玛利亚·阿乌古斯塔·达·科斯塔·维耶拉，美国加利福尼亚大学西班牙文学教授豪尔赫·阿拉德罗·封特，意大利热亚那大学西班牙文学教授埃尔曼多·卡尔德拉，意大利锡耶那大学文学系教授安东内拉·坎塞列尔，意大利锡耶那大学研究员阿达·特哈，意大利托利诺大学西班牙文学教授何塞·马努埃尔·马丁·莫兰等国外学者。此外，国内的二十余位西班牙语学者也参加了会议，其中有《堂吉诃德》的中译者董燕生教授、屠孟超教授，北京大学赵振江教授等著名学者。这次会议还受到西班牙王后、西班牙国际合作总署、西班牙驻华大使馆和墨西哥塞万提斯基金会的大力支持。国际塞学界对这次会议给予了高度评价。

1999年2月笔者荣幸地获邀出席了在墨西哥瓜纳华托举办的第十届塞万提斯国际学术研讨会，在会议的开幕式上第一次升起了中国国旗，奏起了中国国歌，而且笔者在大会的发言受到了与会者的普遍好评。这一切都证明了中国的塞学研究已经得到了世界的认可。这几年在我国的许多刊物上仍在不断有关于塞万提斯及其作品的研究文章发表。所有这一切都表明了我国的塞学研究已经进入到一个崭新的阶段，可以毫不夸张地说，我们已经迎来了中国塞学研究的春天。

随着我国改革开放的不断深入，塞万提斯和《堂吉诃德》将为更多的中国读者所了解，而塞万提斯所推崇的吉诃德精神也一定会在我国生根发芽，结出丰硕的果实。

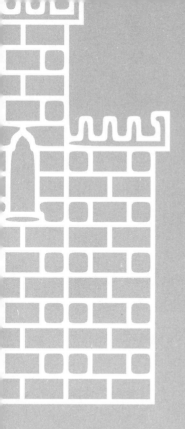

PART 5

塞万提斯经典名言选摘

《堂吉诃德》

桑丘啊,

自由是上天赐予人类的珍贵财富,

深埋地下和海中的人、宝物都无法与之相比。

自由和名誉一样,都值得为之付出生命的代价。①

---

① 《堂吉诃德》,董燕生译,浙江文艺出版社,1995年,第875页。

根据图利奥的见解,
戏剧应该是人生的镜子、
习尚的基准、真理的反映。[①]

真理是颠扑不破的,
将永远高居谎言之上,
就像油浮在水面一样。

[①] 《堂吉诃德》上卷,董燕生译,浙江人民出版社,1996年,第434页。此处之后本章引用的《堂吉诃德》经典名句皆出自董燕生(1996)译本。

人们看过构思奇巧、顺理成章的戏，

会为噱头欢笑，因箴言获益，

叹服剧情的曲折，学会明智地思索，

警惕谎言欺骗，领受榜样的感召，

怒斥恶习，归顺美德。

一出好戏必定在人的心灵里唤起这种种情感，

不管他是多么粗鄙而愚钝。

正派女人的好模样可以比作远处的一堆火，
比作一把锋利的剑，
你不凑上去，它就不烧你不伤你。
自尊自爱能让人的心灵美起来，
不然，光有个好看的外表，
也算不得漂亮。

唉，阿谀奉承真是力大无边哪！
它走遍天下，
到处都有人爱听它那悦耳的声音！

可我认为,

即便是胡说,也要编得像模像样,

因为越是真假难辨的东西越能引起兴趣。

虚构的故事必须得到读者的理解和认可,

让子虚乌有触手可及,

变恢宏威严为平凡可亲,

这样才能引人入胜,

造成始料莫及、喜出望外、

震慑和愉悦并行的效果。

诗人写诗是一回事，

史家写传又是另一回事。

诗人所述所咏并非事情本是什么模样，

而是应为什么模样，

史家却不该按应是什么模样来写，

而按本是什么模样来写，

不能对事实有丝毫增减。

要知道，

仕途官场简直就是

一片风急浪大的无底汪洋。

人所共知，诗人是天生的，
换句话说，
一个天才诗人从娘胎里出来就是诗人了。
他单凭上天恩赐的禀赋，
不用苦学什么技巧，
写出来的东西就能证实那句名言：
上帝寓于吾人（古罗马诗人奥维德语）。
当然我也承认，
天才诗人掌握了技巧则能好上加好，
会远远超出仅靠技巧撑门面的诗人之上。
道理也很简单：
技巧不能超越天赋，只能完善天赋。
所以，只有天赋加技巧或者技巧加天赋，
才能造就一个完美无缺的诗人。

演戏是这样,人生也是这样,

有的当皇帝,有的当教皇,

总之跟戏里的角色一样。

可是最后活到头了,

生命结束的时候,

死神扒掉他们身上各式各样的衣服,

一进坟墓全都一样。

你必须两眼看住自己,

尽量做到有自知之明,

这可是世上最难办的事。

美有两种,

一种是心里的,一种是外表上的。

心灵美是最要紧的,指的是:

聪明、正直、规矩、大度、有教养。

一个人尽管长得丑,

这些长处可以全都具备,一样不缺。

谁要是懂得这种美,

而不是光注重外表,

爱慕之心马上油然而生,

势不可当。

诗歌这东西像个娇嫩的小姑娘，

美艳绝伦，

其他学问是她的一群使女，

专门致力装点、修饰、美化她，

供她驱遣，

也因她增彩。

虚构的故事越是逼真，

就越有教益，越能引人入胜；

而纪实传记则越真实越精彩。

体体面面做一个卑微的贤人,

那比狂傲的恶棍强多了。

受人之惠、得人之恩

必须予以报答……

人不是总在神殿里,

不是总守着教堂,

不是总在从事崇高的事业。

人也要有娱乐的时间,

使忧愁的心情得到安宁。

《塞万提斯训诫小说集》[1]

倘若一个女人决心洁身自爱,

那么一个军团的士兵也伤害不了她。

贞操是朵鲜花,

不能让它受到伤害,

哪怕是意念上的损害。

---

[1] 此后引用文句皆出自《塞万提斯训诫小说集》,重庆出版社,陈凯先、屠孟超译,1992年。

您要知道，
我永远需要自由，
需要无拘无束，
我不允许任何嫉妒之意
束缚或限制我的自由。

金钱固然重要，
但它比谣曲更容易消失。

一个人有了醋意,
永远也不可能清醒地
看出事物的本来面目。
爱吃醋的人总是
带着放大镜观察一切:
把小事看成大事,
把侏儒看成巨人,
把猜疑变为现实。

诗歌犹如一块无比珍贵的宝石,

它的主人不应把它携带在身边,

随时随地向所有的人显示,

而应当选一合适的场合将它展示出来。

诗歌就像

一位纯洁无瑕、聪颖善思、

目光敏锐、含蓄温柔的美丽的姑娘,

她具有极其高雅的气质,

是孤寂者的伴侣。

人们常利用自己的职权谋取钱财，
再用这些钱财获得对他们工作的好评，
并以此谋取更高的职位。

只有少数的人
才真正配得上诗人这个称号。

诗歌充满了心灵的呼唤。

命运像水车的轮子一样旋转着，
昨天还高高在上的人，
今天却屈居人下。

忍受那不能忍受的苦难，
跋涉那不能跋涉的泥泞，
负担那负担不了的重担，
探索那探索不及的星空。

没有时间磨不掉的记忆，
没有死亡治不愈的伤痛。

我的丰功伟绩，

值得浇铸于青铜器上，

铭刻于大理石上，

镌于木板上，

永世长存。

当我的这些事迹在世上流传之时，

幸福之年代和幸福之世纪亦即到来。

历史孕育了真理,

它能和时间抗衡,

把遗闻旧事保藏下来。

它是往昔的迹象、

当代的鉴戒、

后世的教训。

名誉和美德是灵魂的装饰,
要没有它,
那肉体虽然真美,
也不应该认为美。
贞操是美德之中
最最足以使身心两者都增加美的。

美丽只有同谦虚结合在一起,

才配称为美丽。

没有谦虚的美丽,

不是美丽,

顶多只能是好看。

要是有人问道：

归根结底，

理想主义到底有什么用处？

答案已经很清楚了：

可以避免人们像蛆虫那样

在地上爬来爬去。

当生活本身已经如此荒唐，
谁知道什么才能算作疯狂？
也许过于实际就是一种疯狂。
放弃梦想也许是一种疯狂。
太过清醒可能就是疯狂，
而最疯狂的，
莫过于接受现实，
而不去想它究竟应该是什么样子！

美德的道路窄而险，

罪恶的道路宽而平。

可是两条路止境不同：

走后一条路是送死，

走前一条路是得生，

而且得到的是永生。

血统是从上代传袭的，

美德是自己培养的；

美德有本身的价值，

血统只是借光。

聪明人是不会把所有的鸡蛋

都放在一个篮子里的。

对于最不幸的事情说来,
时间是最伟大的医生,
它会医治人们的创伤。

读万卷书、行万里路的人,
自然见多识广。

勤勉乃好运之母。

人人都是自己命运的创造者。

笔是心灵的舌头,
一切因她产生的想法都会成为作品。